Julian von Bergen

Tome 1

Dernière nuit à la Villa Neyher, Francfort 1939

David Aurélien

En application de l'art. L.137-2.-I. du code de la propriété intellectuelle, toute reproduction et/ou divulgation de parties de l'œuvre dépassant le volume prévu par la loi est expressément interdite.

© David Aurélien, 2025

Tous droits réservés.

Première édition.

Édition : BoD · Books on Demand, 31 avenue Saint-Rémy, 57600 Forbach, bod@bod.fr

Impression : Libri Plureos GmbH, Friedensallee 273, 22763 Hamburg (Allemagne)

Dépôt légal : Mars 2025

ISBN : 978-2-3225-3458-6

"Le voyage de l'âme commence là où l'esprit cesse de chercher des réponses et s'ouvre à l'invisible."

Préface

Depuis toujours, les lieux me parlent. Les histoires du passé, même oubliées, subsistent parfois juste sous la surface, murmurant, demandant à être écoutées, ramenées à la lumière pour être libérées. Écrire, pour moi, c'est permettre aux fantômes d'un lieu de raconter leur vérité, de trouver enfin la paix.

Résidant depuis vingt ans à Francfort, j'ai souvent ressenti cette présence intangible des histoires passées, comme si les mémoires continuaient à exister parallèlement à notre réalité. Ce premier roman est né de ces murmures, puisant librement dans l'atmosphère d'une époque troublée pour façonner une fiction inspirée, peut-être, d'événements réels. Toute ressemblance avec des personnes vivantes ou disparues, ou des entreprises existantes, serait totalement fortuite.

Pendant l'écriture, j'ai eu l'impression profonde d'être projeté dans le Francfort des années 30, vivant intensément cette époque, percevant ses sons, ses odeurs, ses émotions, bien que nous soyons en 2025. En donnant voix à la fictive Villa Neyher, j'ai cherché à capturer cette atmosphère particulière, ses secrets, ses habitants, et à rappeler subtilement que l'histoire continue à résonner, tant que nous ne l'écoutons pas dans toute sa profondeur. Guérir le passé commence par l'écouter.

Sommaire

Chapitre 1 .... **11**

Chapitre 2 .... **17**

Chapitre 3 .... **23**

Chapitre 4 .... **27**

Chapitre 5 .... **31**

Chapitre 6 .... **37**

Chapitre 7 .... **57**

Chapitre 8 .... **63**

Chapitre 9 .... **73**

Chapitre 10 .... **83**

Chapitre 11 .... **87**

Chapitre 12 .... **101**

Chapitre 13 .... **107**

Chapitre 1

Francfort, Mars 1939, Villa Neyher.

La guerre n'avait pas encore éclaté, mais l'Europe tremblait déjà sous la menace imminente du changement. L'économie était sous pression, les entrepreneurs juifs perdaient leurs postes, entreprises et possession et étaient remplacés par de nouveaux hommes.

Les journaux parlaient du « renouveau de l'Allemagne », mais dans les salons huppés, on buvait et dansait encore – comme si le champagne pouvait anesthésier l'inévitable.

La Villa Neyher, majestueuse résidence nichée dans un parc aux arbres centenaires, au bout d'une longue allée, à l'angle de la Forsthausstraße et de la Mörfelder Landstraße, jouxtait le Stadtwald. Ce soir-là, elle accueillait une réception donnée par Maximilian von Neyher, héritier d'une influente famille d'industriels dont les affaires avaient été mises à rude épreuve ces dernières années. Ce somptueux édifice néoclassique, avec ses colonnes imposantes et ses façades en pierre claire, témoignait d'une splendeur passée. Dans le grand salon, des miroirs dorés renvoyaient les mouvements des invités, tandis que des domestiques en livrée impeccable traversaient la foule de l'élite francfortoise, portant sur des plateaux d'argent des coupes de champagne pétillant. Dehors, au-delà des jardins soigneusement entretenus et illuminés par des lanternes décoratives, l'ombre des grands chênes du Park Louisa dessinait des formes mouvantes sous la lueur diffuse de la lune.

Julian von Bergen entra par l'imposant vestibule recouvert de velours rouge et se dirigea vers la grande salle de réception. Son apparition attira les regards – un homme grand et élancé, vêtu d'un smoking bleu nuit aux revers de soie. Son visage, d'une beauté presque sculpturale, se distinguait par des pommettes hautes, un nez droit et des lèvres qui semblaient toujours retenir une pensée. Ses yeux – d'un vert sombre nuancé de reflets brun clair – scrutaient la pièce, toujours en quête, toujours vigilants. Même à trente-huit ans, il continuait à faire son effet.

Il prit une coupe de champagne d'un plateau sans un regard pour le serveur et parcourut la foule des yeux. La salle était remplie de visages familiers de la haute société de Francfort : banquiers, industriels. Les hommes portaient des costumes impeccablement taillés, les femmes des robes de soie vaporeuses, parfois rehaussées de cols de fourrure, parfois ornées de bijoux raffinés venant de Paris ou de Vienne.

Les conversations oscillaient entre le déni et une crainte silencieuse.

— Je vous le dis, la France n'osera jamais nous affronter. Personne n'a le courage de faire quoi que ce soit.

— Le commerce avec la Suisse tient encore, mais Berlin resserre l'étau. D'ici peu, seuls ceux qui suivent la ligne officielle auront encore le droit de traiter.

— D'ici l'année prochaine, personne n'osera plus s'opposer à lui. Avec tout ce qu'il a déjà accompli, qui le pourrait ?

Julian laissa ces paroles glisser sur lui, sirota une gorgée de champagne. Il avait remarqué la présence de quelques officiers SS dans la foule, vêtus d'uniformes noirs impeccables, arborant l'emblème argenté en forme de tête de mort sur leurs casquettes. Quelques années plus tôt, de tels hommes n'auraient jamais mis les pieds dans ces salons – désormais, ils étaient partout. Et ils observaient, évaluaient.

La musique, un doux air de valse, semblait incongrue dans cette atmosphère où chaque regard, chaque mot, chaque silence pouvait avoir des conséquences.

— Julian, tu sembles absent.

La voix venait de Charlotte von Lingen, sa plus ancienne et peut-être seule véritable amie dans ce cercle. Parfaite dans sa robe en soie ivoire, ses cheveux blonds coiffés en vagues élégantes, elle incarnait le raffinement. Charlotte avait fait un mariage judicieux : un homme bien plus âgé qu'elle, mais d'une influence et d'une fortune inébranlables. Pourtant, elle n'était pas une femme à se laisser enfermer dans une cage dorée. Elle connaissait les règles du jeu – et les jouait mieux que la plupart.

— Je profite de la soirée, répondit Julian avec un sourire légèrement trop maîtrisé.

Charlotte balaya la pièce du regard. Elle le connaissait trop bien.

— Les temps changent, Julian. Certains diraient qu'il faut chevaucher la vague avant qu'elle ne se brise.

Il porta son verre à ses lèvres, bu une gorgée mesurée.

— Et toi ? Où cette vague t'emportera-t-elle ?

Il tenta d'esquisser un sourire.

Elle inclina légèrement la tête, et, l'espace d'un instant, une ombre d'inquiétude traversa son visage.

— Là où je serai en sécurité.

Puis, d'un mouvement discret, elle se rapprocha, glissa ses lèvres tout près de son oreille, et murmura :

— Bon sang, Julian, que fais-tu encore là ?

Il ne répondit pas immédiatement. Il ne pouvait pas encore l'admettre.

Un léger bruit de verre brisé coupa le moment. Une invitée venait de laisser tomber sa coupe. Son rire, nerveux et forcé, résonna dans la salle. Pendant une fraction de seconde, les conversations s'interrompirent, une onde imperceptible traversa la foule, avant que tout ne revienne à la normale. Mais ce silence éphémère avait révélé l'inexprimé.

Charlotte, préoccupée posa légèrement la main sur sa manche.

— Julian...que se passe t'il ?

Elle le regarda, cherchant une réponse dans son visage.

L'espace d'un instant elle y vit cette infime lueur de rage et de tristesse. Puis, comme si rien n'avait existé, il retrouva son masque, esquissa un sourire, et rétorqua :

— Allons danser !

À cet instant, il sentit un regard peser sur lui. Un des officiers SS l'avait remarqué. Leurs yeux se croisèrent une fraction de seconde – une évaluation froide, un calcul silencieux.

Julian ne savait pas s'il figurait déjà sur une liste, ou s'il n'était encore qu'un nom parmi d'autres à observer.

Mais une chose était certaine : le moment où il aurait pu partir librement était peut-être déjà passé.

Chapitre 2

Francfort, 1919.

Julian avait dix-huit ans lorsqu'il descendit pour la première fois du train à la gare centrale de Francfort. Son vrai nom, celui qu'il portait en quittant la Tchécoslovaquie, était encore Jakob Bulkowicz.

La ville n'était pas celle qu'il avait imaginée ni celle que son père lui avait décrite dans ses récits. La Première Guerre mondiale avait laissé des traces profondes – des hommes en manteaux élimés traînaient leur fatigue sur les trottoirs, des veuves au regard vide erraient sans but, et des enfants, trop sérieux pour leur âge, avaient grandi trop vite.

Son nom était marqué par l'histoire de son père, Leopold Bulkowicz, un nom qui trahissait ses origines juives et marchandes. Leopold était un homme d'affaires parti de rien, qui avait bâti une entreprise de commerce de pièces métalliques pour l'industrie pharmaceutique et chimique. Il n'était pas issu d'une lignée noble, mais il avait du charisme, du bagout et un certain flair pour les affaires.

Sa mère, Eléonore von Bergen, était issue d'une vieille famille de la noblesse terrienne près de Posen. Le père d'Eléonore, un officier prussien, avait épousé une femme noble d'ascendance française, issue d'une lignée de diplomates et de lettrés. De cette origine contrastée, Eléonore, d'une beauté lumineuse, avait hérité d'une élégance innée et d'une éducation raffinée. Elle parlait le français avec l'élégance d'une duchesse et enseigna à son fils l'amour des mots, de la culture et de la liberté. Elle était son ancrage, son éducation, son monde.

Rebelle, elle avait aimé Leopold Bulkowicz contre l'avis de tous. Il s'était fait seul – mais cela ne suffisait pas aux von Bergen.

Quand elle l'avait épousé, ses parents l'avaient reniée. Une von Bergen mariée à un juif du commerce ? Inacceptable. Ils lui avaient fermé leurs portes et effacé son nom des discussions familiales.

Julian, lui, avait grandi entre ces deux mondes : de sa mère, il avait hérité du raffinement, de l'élégance, d'un port altier et élancé. Son visage, à la fois harmonieux et expressif, dégageait du magnétisme, une aura qui captivait sans effort. De son père, il tenait l'instinct de survie et l'audace. Il parlait l'allemand et le français avec la même aisance, mais un accent indéfinissable, léger et charmeur, trahissait son mélange de cultures. Il se débrouillait bien en anglais, suffisamment pour tenir une conversation et lire des ouvrages. Il avait appris à observer, à écouter, à comprendre que les identités étaient des masques – que l'on pouvait être tout et son contraire selon les circonstances.

Sa mère était morte alors qu'il avait quatorze ans, en mettant au monde un deuxième enfant – une petite fille qui n'avait pas survécu plus de quelques heures. Le jour où elle était partie, son père avait cessé d'être un homme.

La descente aux enfers fut lente. Déjà fragilisé par quelques mauvais investissements et l'absence de son épouse, il se retrouva pris dans une spirale infernale. Le schnaps remplaça les chiffres, les dettes s'accumulèrent, la guerre détruisit ce qui restait de son commerce. Avant 1918, il prospérait grâce à ses exportations vers l'Allemagne et l'Autriche, mais l'indépendance de la Tchécoslovaquie changea tout. Les nouvelles barrières douanières, la préférence nationale et l'effondrement des échanges avec l'Allemagne le ruinèrent. Il tenta de trouver de nouveaux débouchés, mais il était déjà trop tard.

Une nuit, on retrouva son corps dans une rivière, les vêtements lourds d'eau, le regard vide. Suicide ou meurtre ? On en su rien.

Julian n'avait plus rien. Seul le souvenir d'une information soufflée entre deux ivresses par son père lui donnait encore une direction : Francfort. La banque. Son père y était allé souvent pour affaires et lui avait parlé d'un compte bancaire qu'il y possédait. C'était son dernier espoir.

En sortant de la gare, Julian se dirigea immédiatement vers la Banque Mazeler. l'un des plus anciens établissements financiers de Francfort, réputé pour sa discrétion et sa clientèle fortunée.

L'air froid lui mordait la peau tandis qu'il dévalait les avenues aux pavés humides. À chaque pas, il entendait la voix de son père :

— Si jamais quelque chose m'arrive, souviens-toi de la banque à Francfort.

Le hall de la banque sentait le cuir et la cire. Des hommes en redingote discutaient à voix basse, des employés griffonnaient à la lueur des lampes. Julian annonça son nom d'une voix maîtrisée, tendant ses papiers sans laisser transparaître la moindre nervosité.

L'employé le scruta, haussa un sourcil et s'éloigna avec les documents. Julian attendit, retenant son souffle. Si cet argent existait encore, il pouvait tout recommencer.

Quelques minutes plus tard, un homme plus âgé, vêtu d'un veston noir impeccable, s'approcha. Son visage était neutre. Trop neutre.

— Monsieur Bulkowicz ?

— Oui.

— Je suis navré. Il n'existe aucun compte au nom de Leopold Bulkowicz dans nos registres.

Julian sentit le sol basculer sous lui.

— Impossible. Mon père avait un compte ici.

Le banquier resta impassible.

— S'il a existé, il a été fermé depuis longtemps. Peut-être sous un autre nom, ou peut-être a-t-il été saisi dans les turbulences d'après-guerre.

L'homme referma le dossier. L'affaire était close.

Julian quitta la banque sans même se souvenir des rues où il marcha pendant des heures. Il erra dans la ville sans but, les pensées floues, l'estomac noué. Il n'y avait rien. Il n'y avait peut-être jamais rien eu. Son père l'avait-il trompé pour lui donner une raison de partir ? Ou quelqu'un s'était-il servi avant lui ?

Mais il fallait avancer. Le doute s'insinua, mêlé à la peur. Il fallait une solution, et vite.

Dans une mansarde louée à la journée dans le quartier d'Ostend, assis sur le lit, il laissa son regard errer sur sa valise entrouverte. Les murs étaient humides, imprégnés d'une odeur de renfermé, et le mobilier sommaire trahissait la précarité du lieu. Le plancher grinçait sous le poids de ses pas, et un courant d'air glacial s'infiltrait par une fenêtre mal isolée. Un carré de tissu blanc dépassait légèrement. Un linge brodé aux initiales de sa mère dissimulant un bout de papier. L'acte de naissance d'Eléonore von Bergen.

Il le prit entre ses doigts, le tourna, l'observa sous la lumière tremblante de la lampe. Von Bergen. Un nom qui appartenait à un autre monde.

Et si c'était son seul salut ?

L'idée se forma lentement. Changer de peau. Prendre une autre existence. Il n'avait plus d'héritage, plus d'argent, plus de famille. Mais il lui restait un nom. Un nom qui pourrait peut-être ouvrir des portes.

Dans les jours qui suivirent, il se rendit au bureau d'enregistrement, déclarant avoir perdu son passeport.

Lorsqu'on lui demanda son nom, il répondit, sans hésitation, avec un accent indéfinissable mais une assurance parfaite :

— Julian von Bergen.

Chapitre 3

Dans un tiroir de sa valise, sous quelques vêtements usés, se trouvait la seule chose de valeur qu'il possédait encore : une montre de poche Patek Philippe en or jaune 18 carats, au cadran émaillé blanc et aux chiffres arabes peints à la main. Son boîtier, finement gravé et orné de motifs floraux, était un cadeau de son père à sa mère avant leur mariage. Après la mort d'Eléonore, la montre était passée entre ses mains. Il l'avait toujours gardée, dernier vestige tangible d'un passé révolu.

Il se rendit à Sachsenhausen, un quartier où l'on trouvait des prêteurs sur gages peu regardants. Là, dans une boutique sombre, remplie d'objets accumulés au fil des faillites et des destins brisés, il négocia. Le prêteur, un homme à l'air méfiant répondant au nom de Salomon Grünfeld, dit „Salo", examina la montre sous la lumière vacillante d'une lampe à pétrole. Il connaissait sa valeur, mais il savait aussi que Julian était désespéré.

— Mille marks.

— Elle en vaut au moins cinq fois plus.

— Mille, ou rien.

Julian n'avait pas le luxe de marchander. Il tendit la montre, empocha les billets froissés et quitta la boutique sans un mot.

Avec cet argent, il se rendit sur le Zeil, la grande avenue commerçante de Francfort. Il y choisit avec soin des vêtements sobres mais élégants : un costume en laine fine, taillé chez un tailleur discret mais réputé, une chemise immaculée au col rigide, des chaussures en cuir impeccablement cirées et un long manteau sombre qui lui donnait une allure d'homme de son rang... ou du moins, de celui qu'il prétendait être.

Il alla ensuite trouver Fritz, un homme dont on murmurait le nom dans certains cercles. Il tenait une librairie poussiéreuse près du marché de la Kleinmarkthalle, mais son véritable commerce se déroulait à l'arrière de la boutique. Là, Julian obtint des papiers falsifiés attestant qu'il était un héritier rentrant d'exil, avec une fortune en attente d'être débloquée. Une lettre de recommandation, supposément signée par un ami de la famille, renforçait encore l'illusion.

Ainsi paré, il trouva un petit appartement convenable à Westend-Süd, un quartier où se mêlaient intellectuels, aristocrates en déclin et financiers ambitieux. Le propriétaire, séduit par son assurance et ses références impeccables, n'y vit que du feu.

Il s'habilla avec soin et commença à fréquenter les cafés chics de Francfort, là où artistes, banquiers et aristocrates se mêlaient. Il parlait peu, mais écoutait tout. Il voulait comprendre les codes, apprendre comment entrer dans ce monde auquel il prétendait appartenir. Il savait déjà qu'il y parviendrait.

Ce fut dans l'un de ces cafés, près de l'Opéra, qu'il rencontra Charlotte von Lingen.

Charlotte était une femme d'une trentaine d'années, issue d'un milieu modeste mais qui avait su user de son charme pétillant pour épouser un homme plus âgé, dont la fortune et les contacts solides lui avaient ouvert les portes de la haute société. Son élégance n'était pas innée, elle était maîtrisée, peaufinée par les cercles qu'elle fréquentait. Elle portait une robe en crêpe de soie d'un bleu profond, rehaussée d'un collier de perles discrètes, et son parfum léger trahissait un goût sûr.

Elle observait le monde comme une spectatrice avertie. Son regard bleu-gris perçait ceux qu'elle observait, comme si elle voyait à travers eux. Ses gestes étaient lents, étudiés, et son sourire avait une ironie subtile. Elle connaissait son monde et savait qui en faisait partie – et qui essayait d'y entrer.

Lorsqu'elle posa ses yeux sur Julian, elle l'étudia une fraction de seconde de plus que nécessaire. Son costume était parfait, mais trop neuf. Son assurance, impeccable, mais trop calculée. Elle devinait une histoire derrière cette apparence soigneusement travaillée.

Un sourire empreint de connaissance flotta sur ses lèvres.

— Je ne t'ai jamais vu ici, dit-elle d'un ton légèrement amusé.

Julian leva les yeux vers elle, un léger sourire en coin. Il sentit immédiatement qu'elle savait. Elle savait qu'il n'était pas d'ici. Mais elle ne semblait pas le rejeter pour autant.

— Il faut bien commencer quelque part.

— Commencer quoi ?

— À exister.

Elle haussa un sourcil, visiblement intriguée par la réponse. Elle fit tourner doucement son verre entre ses doigts, puis inclina légèrement la tête.

— Alors, dis-moi… Qui es-tu, vraiment ?

Julian s'adossa à sa chaise, observant le ballet du café autour de lui. Il ne le savait pas encore précisément.

Chapitre 4

Les années 1920 apportèrent à Francfort leur lot de faste et d'excès. Tandis que l'Europe pansait ses plaies, la ville retrouvait une effervescence fiévreuse, où la jeunesse dorée cherchait à oublier les privations de la guerre dans les clubs, les théâtres et les salons mondains. Les nuits de Francfort n'avaient rien à envier à celles de Berlin ou de Paris : elles étaient le terrain de jeu d'une aristocratie en quête d'extravagance, d'intellectuels avides de nouvelles idéologies et d'artistes en pleine réinvention. C'était une époque de tous les possibles.

Julian savait qu'il devait y trouver sa place – non pas en périphérie, mais au cœur de ce monde.

Il vécut ces nuits avec intensité, entouré d'un cercle d'aristocrates, d'artistes et d'intellectuels, naviguant entre les cabarets de Sachsenhausen, où l'on buvait du schnaps et du champagne au son du jazz américain, importé par des musiciens noirs qui avaient fui les États-Unis pour l'Europe. Les bars à champagne autour du Zeil, fréquentés par les nouveaux riches et les financiers, où l'on signait des contrats entre deux coupes de Ruinart. Les bals fastueux des hôtels de luxe, comme l'Hôtel Frankfurter Hof, où la haute société se réunissait dans une opulence retrouvée. Les soirées à l'opéra, où les familles influentes côtoyaient les jeunes ambitieux cherchant à s'introduire dans ces cercles fermés. Les fêtes clandestines, dissimulées derrière des portes discrètes ou dans des appartements privés, où les convenances disparaissaient une fois les rideaux tirés. C'était un jeu d'apparences, une danse où l'audace et l'esprit comptaient plus que l'origine. Julian s'y amusait, expérimentait, testait les limites de son charme et de son intelligence. Il savait séduire les hommes d'affaires par sa conversation, captiver les artistes par son mystère et fasciner les femmes par son assurance et son physique.

Mais la vie mondaine ne se limitait pas aux nuits fiévreuses de Francfort. Les week-ends étaient ponctués d'évasions vers Berlin, où la bohème et les cercles intellectuels se mêlaient aux délires décadents des cabarets de Charlottenburg. D'autres fuyaient l'hiver pour la Côte d'Azur, où Nice et Monte-Carlo offraient à la haute société allemande un climat plus clément et des casinos à l'élégance raffinée. Ceux qui préféraient la discrétion s'aventuraient à Paris, fréquentant les clubs privés de Montparnasse ou les salons littéraires où les débats sur l'avenir du monde se poursuivaient jusqu'à l'aube.

Francfort, sous son apparente rigueur bourgeoise, cachait un monde aux multiples facettes.

Dans les cercles masculins plus secrets encore, notamment dans les ruelles discrètes près de la Freßgass, où l'on murmurait que certaines amitiés dépassaient les conventions. Les masques tombaient, et les véritables rapports de force se révélaient. Julian savait écouter les confidences chuchotées entre deux verres d'absinthe, reconnaître ceux qui avaient des secrets à protéger – et surtout, ceux qui avaient le pouvoir de les préserver. Il comprenait que tout se jouait dans l'art de paraître indispensable, de donner l'illusion qu'il détenait une clé, une information ou une connexion que l'autre ne possédait pas.

Mais derrière cette frivolité apparente, Julian poursuivait un objectif bien précis : se rendre indispensable.

Il avait trouvé depuis un moment déjà un emploi bien rémunéré, un poste prestigieux à la lisière du monde diplomatique et des affaires, où l'on appréciait les esprits vifs et discrets, et où ses connaissances linguistiques ainsi que son aisance étaient des atouts essentiels. Officiellement, il travaillait pour une agence de commerce international, facilitant les négociations entre industriels allemands et investisseurs étrangers. Officieusement, son rôle dépassait de loin les contrats commerciaux : il écoutait, observait, transmettait des informations à ceux qui savaient les exploiter.

Son emploi lui ouvrait des portes précieuses – celles des cercles où diplomates, banquiers et politiciens échangeaient en toute confiance, sans prêter attention à ce jeune homme élégant, toujours prêt à se rendre utile, sans jamais paraître menaçant.

Grâce à Charlotte von Lingen, il franchit les seuils des salons les plus exclusifs. Banquiers, artistes, politiciens. Il comprenait l'art de s'intégrer, d'être un miroir pour ceux qui avaient besoin de s'y refléter.

Chapitre 5

Julian n'avait pas prévu d'assister à ce match de polo. Il y avait été invité par Wilhelm Kessler, un jeune financier ambitieux qui voyait en lui un homme à connaître. Kessler était de ceux qui aimaient s'entourer de personnes prometteuses, non par altruisme, mais par instinct. Il savait que dans ces cercles, une connexion pouvait toujours se révéler utile.

C'est ainsi que Julian se retrouva un dimanche après-midi venteux de septembre à Niederrad, parmi une assemblée d'hommes influents, observant un sport auquel il n'avait jamais prêté d'attention.

Julian ne savait pas encore que ce jour-là, un homme en particulier allait capter son attention : Maximilian von Neyher. héritier d'un empire industriel, Maximilian imposait par sa stature impeccable et son regard acéré. Grand, blond, aux yeux bleu clair perçants, il dégageait une froideur naturelle, un mélange d'assurance et de calcul permanent. Mais ce qui le rendait inoubliable, c'était ce mélange toxique de charisme et de pouvoir brut. Riche, impitoyable, excessif en tout, il inspirait autant la fascination que la crainte.

Le terrain, bordé de spectateurs triés sur le volet, résonnait des sabots des chevaux lancés à pleine vitesse. Maximilian dominait le jeu, frappant la balle avec une précision mécanique, indifférent aux acclamations et aux regards tournés vers lui.

L'incident qui les fit réellement se rencontrer fut un moment aussi absurde qu'involontaire. Alors que Julian, appuyé nonchalamment sur une barrière, observait le match avec un détachement feint, l'un des chevaux, mal maîtrisé, fit un écart brutal. Un coup de sabot bien placé envoya un large nuage de terre et de boue en direction des spectateurs, éclaboussant le bas du manteau soigneusement choisi de Julian.

L'espace d'un instant, un silence s'installa, avant que les premiers rires étouffés ne se fassent entendre parmi l'assemblée. Julian jeta un regard à l'état de son vêtement, haussa un sourcil et, sans se départir de son calme, déclara :

— Visiblement, la terre n'a pas encore choisi son camp.

Un éclat de rire bref mais sincère résonna derrière lui. Maximilian von Neyher. Il était descendu de cheval et s'approchait, les gants de cuir à la main, observant Julian avec un amusement poli.

— Vous avez une façon intéressante d'accepter la défaite, fit-il remarquer.

— Seulement quand ce n'est pas la mienne, répliqua Julian du tac au tac.

Maximilian le détailla une fraction de seconde, puis esquissa ce demi-sourire distant qu'il réservait aux rares individus qui piquaient sa curiosité.

Les jours qui suivirent, Julian recroisa Maximilian à plusieurs occasions – par hasard, du moins en apparence.

Les cercles mondains étaient un labyrinthe où l'on se croisait, s'évitait et s'observait. Julian savait que s'il voulait entrer dans le monde de von Neyher, il ne devait ni forcer le contact, ni paraître trop distant. Il jouait le jeu avec justesse, se rendant visible sans s'imposer.

Puis vint l'invitation. Un dîner privé dans un salon confidentiel d'un hôtel du centre-ville. Autour de la table, des figures influentes du moment : Hjalmar Schacht, président de la Reichsbank, un homme dont la voix pesait lourd dans l'économie allemande. Franz von Mendelssohn, banquier influent de Francfort, héritier d'une lignée prestigieuse et intermédiaire entre l'industrie et la finance. Gustav Krupp von Bohlen und Halbach, industriel puissant dont les intérêts dans la sidérurgie lui conféraient un rôle clé dans l'économie allemande, et Olga Tschechowa, une actrice germano-russe, dont la présence mondaine et énigmatique attirait les regards et suscitait autant l'admiration que l'intrigue.

Julian savait qu'il était observé, testé, pesé. Il comprit rapidement que Maximilian ne l'avait pas convié par hasard.

La nuit avançait, et avec elle, l'atmosphère changeait imperceptiblement. Les éclats de rire devenaient plus bas, les discussions plus feutrées. les effluves de cuir patiné et de boiseries cirées, les notes de Guerlain Jicky, aux accents de lavande et de vanille, se mêlant aux effluves poudrés de Caron Narcisse Noir et à la chaleur boisée du Knize Ten, porté par certains convives laissait place désormais à l'odeur de la fumée des cigares et des cigarettes qui formait un voile trouble sous les lustres de cristal, projetant des ombres vacillantes sur les boiseries sombres. Le cliquetis des verres en cristal, les murmures étouffés, la lueur des bougies trahissant des regards furtifs – tout semblait appartenir à un autre monde, un monde où la frontière entre le réel et l'illusion s'amincissait.

Un pianiste, à demi cachée par une colonne, effleurait les touches d'un air de jazz improvisé sur un Steinway B, une mélodie languissante qui s'accordait à l'ivresse générale. Derrière un paravent en acajou, une conversation plus confidentielle se déroulait, ponctuée de silences lourds. Ce n'était pas seulement une fête, mais un théâtre de l'influence où chaque regard pesait autant qu'un mot.

Il comprenait maintenant que ces soirées n'étaient pas seulement des divertissements – elles étaient des transactions silencieuses, des jeux de pouvoir où chacun se jaugeait sous le vernis de l'insouciance. Derrière chaque sourire poli, il y avait une opportunité, un danger ou une dette qui ne se réglerait jamais à découvert.

Julian avait passé le test avec brio. Il fut convié de plus en plus régulièrement par Maximilian : concerts privés, cercles exclusifs et autres réunions où les invitations ne se demandaient pas, mais se méritaient. Peu à peu, la frontière entre fascination et proximité s'effaçait. Maximilian cultivait cette ambiguïté avec soin, testant les limites de Julian, l'invitant à des jeux plus subtils, des défis implicites où la confiance et la soumission.

Au fil des semaines, une mécanique s'installa entre eux, subtile et dangereuse. Julian, derrière son détachement feint, savait déjà qu'il avait été happé. Mais il ne le montrerait pas. Il savait que la seule manière de se maintenir à ses côtés sans devenir un simple jouet était de rester insaisissable. Il avançait prudemment, jouant avec cette attraction comme on joue avec un fil tendu, prêt à se rompre. Ce lien invisible se resserrait de plus en plus.

Maximilian cherchait, avec une discrétion calculée, à le posséder. Il n'aimait pas ce qu'il ne pouvait pas contrôler, et Julian représentait une énigme qui l'attirait autant qu'elle le déstabilisait. Il avait l'habitude d'instrumentaliser ceux qui l'entouraient, de façonner les hommes comme il façonnait ses entreprises – des outils au service d'une cause plus grande. Mais avec Julian, c'était différent. Il voyait en lui bien plus qu'un simple instrument de ses ambitions. Il voulait le garder, l'attacher à lui, lui donner une place unique. Julian était un atout rare, une force vive dont l'intelligence et le charme pouvaient servir autant à asseoir son influence qu'à affiner son pouvoir. Un partenaire qu'il tenterait de façonner, mais dont l'essence lui échapperait toujours.

Et pourtant, quelque chose le troublait. Julian ne se laissait pas enfermer dans un rôle. Il résistait, pas par opposition, mais par une maîtrise délicate, une manière de se donner tout en conservant une part d'inaccessibilité. Maximilian aimait cette tension, ce jeu d'équilibre fragile où aucun des deux ne cédait totalement. Mais il savait qu'un jour viendrait où l'équilibre se briserait, où l'ambiguïté ne suffirait plus. Julian devrait alors choisir : rester à ses côtés et assumer pleinement ce que cela impliquait, ou s'éclipser avant qu'il ne soit trop tard.

Et c'est ainsi que, finalement, Maximilian l'introduisit à la Villa Neyher, son domaine. Une invitation qui signifiait bien plus qu'un simple privilège social. Julian savait qu'il avait franchi un seuil invisible. Derrière lui, il n'y avait plus de retour possible.

Chapitre 6

Le crépuscule s'attardait sur la ville, la pluie de l'après-midi laissant derrière elle un air chargé d'humidité et des pavés luisants sous la lueur des lanternes. Julian approcha de la Villa Neyher, dont l'imposante silhouette se découpait au bout d'une allée ombragée. Située à l'angle de la Forsthausstraße et de la Mörfelder Landstraße, à la lisière du Stadtwald, elle semblait à la fois retirée du tumulte de Francfort et ancrée dans un monde où le temps s'écoulait différemment.

Construite au début du XXe siècle dans un style néoclassique, la demeure se distinguait par sa symétrie parfaite, ses colonnes imposantes et sa façade de pierre claire. L'entrée principale, surélevée par un perron massif, était flanquée de hauts pilastres et de lanternes en fer forgé projetant une lumière tamisée sur les dalles humides. De grandes fenêtres encadrées de boiseries sombres laissaient deviner un intérieur luxueux protégé du regard des passants

L'entrée principale était flanquée de hauts pilastres, menant à un perron de pierre massive, tandis que de larges fenêtres encadrées de boiseries sombres laissaient filtrer une lumière tamisée. L'ensemble dégageait une grandeur discrète, une élégance sobre mais indéniable.

En pénétrant dans le vestibule, Julian fut accueilli par une atmosphère feutrée, un mélange d'encaustique, de cuir et d'un parfum boisé. Une vaste galerie d'entrée, dallée de marbre clair, s'ouvrait sur un escalier en chêne massif aux balustres sculptés, menant aux étages. De part et d'autre, les portes hautes aux poignées de bronze donnaient accès aux grands salons de réception, où de lourds rideaux de velours encadraient les portes vitrées à double battant donnant sur le parc. Une bibliothèque aux boiseries sombres, un fumoir à l'odeur persistante de tabac blond et le bureau de Maximilian von Neyher, aux lambris austères, occupaient l'aile gauche, tandis qu'une salle à manger aux moulures délicates de couleur blanc cassé et un salon plus intime aux murs bleu foncé, éclairé par des lampes Art déco, se trouvaient à droite.

À l'arrière de la maison, une galerie vitrée offrait une vue sur le jardin et menait à une terrasse dallée entourée de balustrades de pierre. Plus bas, une allée pavée serpentait entre les massifs taillés avec précision, jusqu'à une serre d'hiver où l'on cultivait des orchidées et des agrumes.

Sur le côté de la demeure, un accès discret, réservé aux visiteurs de confiance, menait à l'escalier des domestiques et aux niveaux inférieurs, où se trouvaient les cuisines, la cave à vins et les archives familiales.

L'étage principal était réservé aux appartements privés. Julian s'installa dans une chambre spacieuse, aux boiseries sombres et au parquet ciré, dotée d'un balcon surplombant le parc. De l'autre côté du couloir, la chambre de Maximilian qui était à la fois imposante et troublante. Conçue pour impressionner, elle ne laissait aucune place au hasard.

Le lit, un large modèle en bois sombre, était le seul élément conservant une certaine tradition bourgeoise. Ni ornemental, ni trop chaleureux, il imposait sa présence par sa structure massive, presque austère, avec une tête de lit en bois laqué, sobrement sculptée. Pas de draperies inutiles, seulement du linge de maison d'une qualité irréprochable, impeccablement tendu.

Le reste du mobilier contrastait nettement avec cette pièce maîtresse. Inspirés du Bauhaus, les meubles étaient réduits à leur essence fonctionnelle, d'une simplicité presque provocante. Un bureau inspiré du modèle de Marcel Breuer, en acier chromé et plateau noir laqué, se distinguait par ses lignes rigoureuses et son absence totale d'encombrement. À ses côtés, une chaise Wassily en cuir noir, aux accoudoirs anguleux et structure tubulaire, accentuait cette esthétique épurée mais dominatrice. L'ensemble composait un équilibre froid, tranchant et terriblement esthétique. Les murs, aux tons gris profonds, absorbaient la lumière plutôt que de la refléter, créant une impression feutrée, presque irréelle. Aucune fioriture, aucun tableau sentimental. Seule exception : une œuvre abstraite brutale, où des angles marqués et des contrastes violents de couleurs venaient rompre l'ordre implacable de la pièce. Une touche de déséquilibre parfaitement contrôlée dans un univers où tout semblait méticuleusement orchestré. La lumière, elle aussi, semblait sous contrôle. De larges fenêtres encadraient une vue imprenable sur l'allée et le parc à l'avant de la maison, offrant une perspective nette et dégagée sur le domaine. Des stores en lames de bois ajustables permettaient de moduler la lumière au millimètre, tandis que quelques lampes design en acier brossé, placées stratégiquement, projetaient une lueur diffuse, soulignant les contrastes entre les matériaux et les surfaces lisses. Dans cet espace calculé à l'extrême, un parfum planait dans l'air, subtil mais omniprésent. Une fragrance rare, certainement ramenée d'un voyage à Paris. Une senteur où se mêlaient le cuir, le tabac blond et un soupçon d'épices orientales, laissant une empreinte à la fois fascinante et troublante

Le silence y était particulier. Aucune trace de vie abandonnée au hasard, aucun vêtement négligemment jeté, aucun livre entrouvert sur une table. Tout ici était une extension de Maximilian lui-même : maîtrisé, ordonné, élégant, mais troublant.

Était-ce un espace où l'on pouvait observer, ou un espace où l'on était observé ?

Plus haut, sous les combles, les pièces étaient plus modestes. Certaines servaient de chambres pour le personnel, d'autres, rarement utilisées, étaient des espaces de rangement. Loin de l'opulence des salons du rez-de-chaussée, cet étage portait la marque des bruissements discrets du personnel de maison, qui veillait à la mécanique bien huilée de la demeure.

La Villa Neyher était une forteresse d'apparences, un lieu où l'on recevait, où l'on décidait, où l'on manipulait. Une maison qui, comme son propriétaire, gardait ses secrets dans ses murs épais.

Ce qui retint son attention, ce n'était pas tant l'organisation impeccable de la maison, mais le personnel étonnamment restreint au regard de la taille et du prestige du lieu. Une demeure de cette envergure aurait dû abriter une armée de domestiques, et pourtant, l'effectif semblait réduit au strict nécessaire ; Deux femmes de chambre, Franzi et Elsa Bauer, s'occupaient du linge et de l'entretien, exécutant leur travail avec une efficacité discrète. Johannes, un jeune valet, aussi habile à servir du champagne qu'à exécuter des commissions discrètes, circulait en permanence dans la maison, un plateau ou un message à la main. Karl Faber, l'intendant, un homme trapu, à l'âge indéfinissable et au passé incertain, veillait à la gestion des tâches les plus laborieuses – l'entretien des voitures et des "affaires" plus délicates, dont personne ne parlait ouvertement. Otto Lenz, le majordome, un homme à la rigueur sans faille, supervisait l'ensemble du personnel avec une attention froide et méthodique. Quant à Gerda Hoffmann, la cuisinière, elle ne vivait pas sur place, arrivant chaque matin avec des paniers de provisions soigneusement sélectionnées, comme si chaque ingrédient devait être compté avec minutie.

Lors des grandes réceptions, des renforts étaient engagés, animant le sous-sol d'une activité fébrile, mais en dehors de ces événements, la maison semblait presque trop silencieuse.

Ici, chaque recoin semblait chargé d'un passé qu'on évitait de raconter. Julian s'installait dans un univers où tout se jouait en subtilité : les conversations, les regards, les alliances silencieuses.

Maximilian l'attendait dans le hall, un trousseau de clés dans une main, un verre de champagne dans l'autre. Il était appuyé négligemment contre le rebord d'une console, l'air faussement détendu, mais chaque détail de son apparence trahissait un contrôle absolu.

Son costume croisé bleu marine, impeccablement taillé, épousait sa silhouette athlétique avec une précision calculée. Ses Oxford en cuir marron étaient parfaitement cirées, Sa chemise d'un blanc éclatant contrastait avec sa peau légèrement hâlée, tandis qu'une mèche de cheveux blonds, savamment disciplinée, effleurait son front. L'or de sa montre captait par instants la lumière du lustre, comme un éclat d'avertissement. Ses yeux, d'un bleu profond, s'étaient posés sur lui avec une intensité troublante.

En le voyant, Julian sentit une chaleur diffuse s'éveiller au plus profond de lui. Il réprima l'ombre d'un sourire. Maximilian effleura sa main en lui tendant la clé, un sourire aux lèvres.

— Tu en auras besoin, Julian. Tu n'es plus seulement un invité.

Cette phrase, il l'avait attendue plus qu'il ne voulait l'admettre. La voix de Maximilian était douce, presque intime, mais il y avait dans son regard un éclat de possession à peine voilé.

Johannes s'approcha et s'empara des bagages de Julian avant de le guider à travers un couloir paisible, où seuls résonnaient leurs pas feutrés sur le parquet. Lorsqu'il referma la porte derrière lui, Julian posa ses affaires et laissa son regard errer sur la chambre qui était désormais la sienne. Il était chez lui.

***

Les premiers jours à la Villa Neyher furent une immersion dans un monde régi par des codes implicites et des jeux de pouvoir. Julian comprit rapidement qu'ici, tout se négociait. On ne parlait pas ouvertement d'influence ou de domination, mais elles étaient partout. Dans un simple échange de regards, une phrase anodine sur les marchés financiers, une poignée de main qui durait une fraction de seconde de trop. Il observa, il écouta, il s'adapta.

Dans ce tourbillon de mondanités, une seule présence lui rappelait qui il était vraiment : Charlotte von Lingen. Ils se retrouvaient parfois dans un café discret, loin des cercles de la Villa, ou marchaient pendant des heures dans le Grüneburgpark, à l'abri du bruit et des ambitions affichées.

Un après-midi, alors qu'ils longeaient une allée bordée de tilleuls, Charlotte s'arrêta et observa Julian avec un sourire en coin :

— Tu sais, il y a quelques années, une femme était dans les faveurs d'un industriel très puissant. Elle était intelligente, élégante, elle savait écouter…

Julian capta l'ombre de malice dans son regard. Mais derrière, il y avait autre chose.

— Et alors ?

— Et alors… elle a trop bien écouté. Elle a disparu. Juste comme ça.

Son ton était léger, presque amusé, comme si elle partageait une anecdote mondaine sans importance. Mais son regard, lui, était trop sérieux.

Elle voulait lui faire comprendre quelque chose.

— Tu veux dire que je devrais être plus discret ? répliqua Julian avec ironie.

Elle le regarda une seconde de plus, puis détourna les yeux.

— Je veux dire que tu devrais savoir quand t'arrêter

Elle lui adressa un dernier regard appuyé avant de reprendre leur marche. Charlotte connaissait les règles du jeu mieux que personne. Elle l'aimait bien, mais elle savait aussi qu'ici, personne n'était indispensable.

**

À la Villa Neyher, les fêtes s'enchaînaient, entre deux séjours à Londres, Paris ou sur la Côte d'Azur. On parlait de la crise qui avait secoué l'Allemagne, des restructurations en cours, des opportunités à saisir. Mais c'était à Königstein, lors des week-ends de chasse sur l'ancienne propriété familiale de Maximilian, que se nouaient les véritables alliances.

Situé dans les collines du Taunus, non loin de Francfort, le domaine s'étendait sur plusieurs hectares de forêts et de prairies. Entre les parties de chasse et les repas organisés dans le pavillon principal, industriels et financiers échangeaient en toute discrétion, loin des regards extérieurs. C'était un cadre idéal pour discuter des affaires en cours, négocier de nouveaux contrats et resserrer les liens entre partenaires influents.

C'est là que Julian fit la connaissance de Friedrich von Schönberg.

Un aristocrate déchu, revenu d'exil après avoir tout perdu dans la chute de l'Empire. Désormais, il tentait de se refaire dans la finance, sans scrupules ni états d'âme. Il était plutôt bel homme, de taille moyenne, aux cheveux noirs soigneusement coiffés, avec ce charme trouble des hommes trop conscients de leur ascendant. Il avait la beauté vénéneuse de ceux qui n'inspirent ni la confiance, ni l'oubli. Dès leur première rencontre, Friedrich jaugea Julian d'un regard froid, avec cette pointe de condescendance imperceptible, celle que les hommes de son rang réservaient à ceux dont ils ne parvenaient pas à situer l'origine avec certitude.

— J'ai beaucoup entendu parler de vous, von Bergen, *lança-t-il avec un sourire acéré.*

— J'espère que c'était flatteur, *répliqua Julian avec son calme habituel.*

— Disons que c'était... instructif.

Dès lors, Schönberg s'amusa à glisser des remarques perfides, des sous-entendus mordants. Julian n'était pas dupe : Friedrich le voyait comme un intrus, un concurrent dans ce monde où il essayait lui-même de revenir en force.

Le week-end de chasse fut l'occasion parfaite pour tester les limites.

Julian n'était pas un chasseur expérimenté et il n'éprouvait aucun plaisir à tirer sur un animal. Maximilian, amusé, insista pour qu'il participe.

Friedrich lui lança :

— Voyons si tu as du sang noble dans les veines, von Bergen, ou si tu es juste un élégant de salon.

Julian saisit le fusil et s'exécuta. La battue commença. Il suivit les autres hommes à travers la forêt humide, cherchant à se fondre dans le décor. Puis, au moment où un cerf bondit entre les arbres, il épaula maladroitement et tira. Le coup partit. Et frôla Friedrich von Schönberg.

Sa veste fut déchirée net au niveau de l'épaule. Il s'arrêta, le regard noir, ses traits crispés entre la colère et une prudence nouvelle.

— Dois-je y voir une tentative d'élimination subtile ou un simple manque de talent ? lâcha-t-il, visiblement troublé.

Julian soutint son regard et, avec un sourire serein, répliqua :

— Si j'avais voulu vous toucher, von Schönberg, croyez-moi, je n'aurais pas raté.

Un silence tendu s'installa. Puis Maximilian éclata de rire, brisant la tension.

— Mon cher Friedrich, tu devrais plutôt être flatté. Peu d'hommes peuvent se vanter d'avoir survécu à la maladresse de Julian !

Les autres convives rirent à leur tour. Friedrich esquissa un sourire crispé, mais Julian savait qu'il ne l'oublierait pas. Il venait d'attirer son attention. Et ce n'était peut-être pas une bonne chose.

***

L'entreprise familiale de Maximilian reposait sur plusieurs secteurs stratégiques de l'équipement industriel lourd. La Fourniture d'outils et de pièces de machines pour les mines et la métallurgie. La Production d'explosifs et de détonateurs pour les exploitations minières et la Fabrication de wagons et de moteurs destinés aux chemins de fer industriels.

Depuis la crise de 1929, ces secteurs, autrefois prospères, vacillaient. Les commandes des grandes compagnies minières se réduisaient, la demande en acier chutait, et certains contrats à l'étranger étaient suspendus. Les banques resserraient leurs conditions de crédit, fragilisant encore plus les industriels qui dépendaient de financements externes.

Dans l'ombre, de nouveaux acteurs se positionnaient. Rien n'était encore officiel, mais des signaux faibles circulaient dans les cercles économiques les mieux informés. On parlait de commandes à venir, de besoins futurs en matériaux stratégiques. Certaines institutions paraétatiques commençaient à sonder le terrain.

Les premières approches furent discrètes : un intermédiaire ici, un marché public à moitié confidentiel là. Peu à peu, les intentions se précisaient. Des hommes d'affaires proches de la droite radicale faisaient savoir que l'avenir appartiendrait à ceux qui savaient anticiper le basculement.

Maximilian savait qu'il n'avait pas le luxe d'attendre. Ses dettes s'accumulaient, et certains créanciers devenaient insistants. Il devait trouver des fonds, assurer sa position, et surtout, garder une longueur d'avance.

Maximilian savait que Julian avait un talent naturel pour lire les hommes et manipuler les situations. Son charme, son intelligence et son instinct lui permettaient de naviguer dans les cercles les plus fermés sans jamais paraître déplacé.

Un soir, alors qu'ils étaient seuls dans le fumoir, Maximilian posa son verre sur la table et le fixa longuement, comme s'il pesait chaque mot avant de parler.

— Il est temps que tu te rendes utile, Julian.

Julian, adossé à son fauteuil, fit tourner distraitement son propre verre entre ses doigts avant de répondre d'un ton faussement léger :

— Je croyais l'être déjà.

Maximilian esquissa un sourire. Il aimait ce jeu d'ironie sous-jacente. Mais ce soir-là, son regard était plus sérieux qu'à l'accoutumée.

— Pas assez. Il marqua une pause, effleurant le rebord de son verre du bout des doigts. Il y a des hommes que tu dois rencontrer.

Julian haussa légèrement un sourcil, mais il ne posa pas de question. Il savait que Maximilian aimait voir jusqu'où il comprenait sans qu'il soit nécessaire de tout expliquer.

— Et s'ils ne veulent pas me parler ? finit-il par demander.

— Alors fais en sorte qu'ils en aient envie.

Le silence s'étira. Maximilian se leva lentement, se dirigea vers un secrétaire en acajou et en tira un écrin de cuir ainsi qu'une enveloppe scellée.

— Viens.

Julian le suivit à travers la villa jusqu'au garage, où Maximilian s'arrêta devant une voiture recouverte d'une bâche. Il tendit l'enveloppe à Julian et tira d'un geste rapide le tissu protecteur, révélant une Mercedes 370 S cabriolet Mannheim, noire et lustrée, dont la silhouette élégante semblait taillée pour avaler la route avec puissance et grâce.

— Elle est à toi.

Julian prit l'enveloppe, l'ouvrit sans précipitation et en sortit une carte grise à son nom. Il glissa son regard vers Maximilian, cherchant une explication.

— Tu es un homme d'influence, Julian. Il faut que ça se voie.

Un cadeau ? Non. Julian n'était pas naïf. Ce n'était pas un geste de générosité. C'était un outil. Une voiture statutaire, impressionnante sans être ostentatoire, destinée à lui donner du poids face à ses interlocuteurs.

Maximilian lui tendit ensuite l'écrin de cuir. Julian l'ouvrit pour y découvrir une Jaeger-LeCoultre Reverso. Il fit glisser ses doigts sur le boîtier rectangulaire,

— L'un de mes horlogers m'a dit que ce modèle avait été conçu pour les joueurs de polo. Maximilian marqua une pause, observant Julian d'un œil amusé. Il me semble que tu sauras en faire bon usage.

Julian attacha la montre à son poignet, ajusta le fermoir et leva les yeux vers Maximilian, un sourire en coin.

— Tu m'offres les armes d'un ambassadeur.

— Disons plutôt que je te donne les moyens d'être efficace.

Julian comprit immédiatement le message. Ce n'était pas un cadeau. C'était un investissement. Il n'était plus seulement l'ombre de Maximilian, il en devenait le représentant officieux. Il devait attirer des investisseurs, évaluer les opportunités, et approcher des personnalités clés.

Derrière cette ascension apparente, Julian commença à percevoir des failles. Non pas par des aveux directs –

Maximilian ne montrait jamais ses faiblesses –, mais à travers des détails, des conversations à demi-mot, des silences pesants.

Certains créanciers se faisaient plus insistants, certaines factures n'étaient plus réglées à temps. Une nuit, alors que Julian rentrait tard d'une réception, il trouva Maximilian seul dans le fumoir, un verre à la main, les lettres de créanciers éparpillées sur la table basse. À son entrée, Maximilian ramassa les papiers d'un geste nonchalant, mais Julian perçut l'ombre d'une fatigue qu'il ne lui connaissait pas.

Des invités inhabituels fréquentaient désormais la Villa Neyher. Des hommes au regard inquisiteur, aux discussions plus cryptiques. Ils n'étaient pas des industriels traditionnels, ni des financiers classiques. Leurs conversations laissaient transparaître des enjeux bien plus profonds, des décisions lourdes que Julian ne comprenait pas encore entièrement.

Avant, on parlait d'opportunités, d'alliances, d'expansion. Désormais, on parlait de survie, de choix à faire, de dangers à éviter.

Un soir, alors que Julian traversait un couloir, il entendit une phrase lancée d'un ton sec derrière la porte entrebâillée du bureau de Maximilian.

— Nous devons agir avant qu'il ne soit trop tard.

Le silence qui suivit était plus pesant que les mots eux-mêmes.

Julian ne savait pas encore jusqu'où cela irait. Mais une chose était sûre : ce monde dans lequel il avait appris à naviguer était en plein bouleversement.

***

L'été 1932 ne fut pas entièrement gris. Il y eut des éclats, des parenthèses. Des week-ends de répit, des tournois de tennis improvisés dans des domaines privés, des pique-niques trop parfaits pour être innocents.

Ce jour-là à Baden-Baden, l'air sentait la craie chaude, l'herbe fraîchement tondue et le cuir. Les chevaux trottaient encore sur le terrain, salués par quelques applaudissements paresseux, tandis que le dernier match de polo se terminait dans un éclat de soleil oblique.

Maximilian, debout au bord du terrain, portait une chemise de lin écru à manches retroussées et un pantalon blanc à plis impeccables. Il avait gardé ses gants de cuir clair, tachés de poussière, et les laissait pendre entre ses doigts, distraitement.

Julian, encore à cheval, faisait tourner lentement sa monture, les bottes poussiéreuses, les cheveux en bataille, le front barré de sueur. Il avait un sourire qu'il n'avait plus eu depuis des semaines.

Près du pavillon, les femmes riaient. Une blonde en robe en mousseline rose pâle agitait un éventail d'ivoire incrusté de nacre. Une autre, brune, en robe dos-nu vert céladon, fumait une Gitane avec une lenteur étudiée. Leurs bras étaient fins, dorés. Leurs parfums flottaient dans l'air tiède, un mélange de violette, de cuir et de poudre de riz.

Quelqu'un versait du vin blanc dans un seau à glace en argent martelé. Le tintement du métal contre le verre couvrait à peine les cris des derniers joueurs.

— Il est vraiment insupportable quand il gagne, dit l'une d'elles en désignant Julian, à demi-voix.

— C'est pour ça qu'il est irrésistible, répondit l'autre sans détourner les yeux.

Sous la tonnelle, des verres de gin tonic s'alignaient sur une nappe de lin brodée, entre des assiettes de radis frais, de fraises encore humides et de petits sandwichs triangulaires qu'aucune main n'avait encore osé toucher.

Maximilian s'assit, lentement, les bras posés sur les accoudoirs d'un fauteuil en rotin, une serviette roulée derrière la nuque. À son poignet, sa montre brillait dans la lumière basse.

Il regardait Julian, qui venait de descendre de cheval, encore haletant, la chemise collée à la peau, les bottes pleines de terre. Il avait cet air libre, presque insolent, qui plaisait à tous, et surtout à ceux qui ne l'admettaient jamais.

Non loin de là, une silhouette bondit avec élégance à bord d'une Horch 670 Sport-Cabriolet, dans une teinte mêlant des reflets de jade et de vert amande, brillants sous le soleil, la capote beige soigneusement repliée.

C'était la comtesse Nadja von Hohenfels, célèbre pour ses entrées et ses départs. Ses cheveux auburn, relevés en un chignon roulé haut sur la nuque, étaient retenus par une broche art déco en argent mat. Sa robe de soie blanche flottait autour de ses jambes parfaitement dessinées. Elle tenait son chapeau de la main gauche, l'autre déjà posée sur le volant, tandis que son compagnon — un ancien joueur de tennis au teint hâlé, à la mâchoire parfaite et à la réputation floue — s'installait avec nonchalance à ses côtés.

Elle démarra d'un coup sec, dans un grondement sourd, profond et feutré du douze cylindres, faisant jaillir une gerbe de gravillons. Elle éclata de rire, laissant derrière elle une traînée de parfum — cuir fleuri et jasmin mêlés. Un plateau vacilla, un verre manqua de tomber. Personne ne dit rien.

La poussière de la Horch n'était pas encore retombée que Julian rejoignait Maximilian, ses bottes s'enfonçant doucement dans le gravier. Il avait ce sourire de faux vainqueur, celui qu'il réservait aux parties où l'enjeu n'était qu'une excuse.

— T'es tu laissé faire exprès ou étais tu juste lent ? lança Julian en passant près de lui.

— Je préfère te laisser briller une fois de temps en temps, répondit Maximilian, en fermant les yeux derrière ses lunettes de soleil à monture écaille.

Un rire léger. Quelqu'un mit un disque. Un vieux gramophone se mit à tourner doucement : du jazz américain, assourdi par la chaleur. Une main effleura une cheville nue, sans s'attarder, et l'après-midi se dissolvait dans une impression de flou doré.

Ce fut l'un des derniers jours où l'on rit sans prudence. L'un des derniers étés où le monde, même fragile, brillait encore.

Chapitre 7

Printemps 1933.

Depuis l'incendie du Reichstag, le pays s'était refermé sur lui-même. Les journaux évoquaient des lois d'exception, des entreprises mises sous pression. Mais pour Maximilian, la menace la plus immédiate n'était pas politique — elle était bancaire. Ses créanciers s'impatientaient, les échéances étaient pour certaines depuis longtemps dépassées, et les promesses ne suffisaient plus. Ce voyage à New-York n'était pas un choix : c'était le dernier recours.

Tout avait été minutieusement planifié. Des rendez-vous soigneusement orchestrés, des dîners stratégiques, des introductions dans les cercles d'affaires new-yorkais. Ce voyage était vital. Le dernier argument pour convaincre ses créanciers, pour sauver ce qui pouvait encore l'être.

Ils embarquèrent à Bremerhaven à bord du *SS* Bremen, fleuron de la Norddeutscher Lloyd. Long de 286 mètres, propulsé par plus de 135 000 chevaux, le paquebot avait remporté le Ruban Bleu en 1929 pour sa traversée record de l'Atlantique. Ironie discrète : cette prouesse technologique coïncidait presque exactement avec le krach de Wall Street, dont les secousses allaient briser l'économie allemande et, peu à peu, ébranler ses fondations politiques. À présent, ce même lien transatlantique n'avait plus rien d'un triomphe. Il portait en lui l'urgence d'un dernier espoir — comme si la vitesse elle-même cherchait à devancer ce qui était déjà en marche.

Loin des préoccupations du vieux continent, on y croisait des industriels en quête de nouvelles opportunités, des artistes fuyant la morosité européenne, et des diplomates qui, sous couvert de mondanités, préparaient déjà les équilibres de demain. Julian notait tout.

Les sourires trop larges, les phrases suspendues sur une hésitation, les conversations en apparence anodines mais chargées d'enjeux tacites.

Mais ce qui le frappa surtout, ce fut Maximilian.

Il ne dormait plus. Ses nuits étaient un enchaînement de parties de cartes, de whisky sans fin, et d'errances solitaires sur le pont. Il n'était plus seulement préoccupé. Il fuyait.

Un soir, alors que Julian le rejoignait au bar du premier pont, il le trouva fixant la mer, un verre intact devant lui.

— Tu cherches à fuir ou à gagner du temps ? (demanda Julian.)

Maximilian esquissa un sourire. Un sourire sans vie.

— L'un empêche-t-il l'autre ?

***

Maximilian ne s'attendait pas à une réception chaleureuse en Amérique. La montée d'Hitler commençait à inquiéter les élites financières, mais les réactions étaient encore partagées. Investir dans un industriel allemand, c'était s'exposer à un futur incertain. Mais il ne s'attendait pas non plus à ce que les portes se ferment avant même qu'il ne les franchisse.

Dès leur arrivée à New York, une réalité brutale s'imposa : son nom circulait déjà dans les cercles d'affaires, mais pas pour les bonnes raisons.

Dans les salons feutrés de Wall Street et lors des dîners privés du Waldorf-Astoria, Maximilian n'était pas le bienvenu.

Ses dettes laissées à Paris et à Londres avaient franchi l'Atlantique avant lui. Certains murmuraient même qu'il avait discrètement cédé des parts de son entreprise pour couvrir des pertes de jeu colossales. Ses excès étaient connus. L'alcool, les nuits interminables, les fréquentations douteuses. Et puis, il y avait les rumeurs. Des chuchotements sur ses relations masculines. Ce qui, en Allemagne, pouvait encore être contenu, ici le rendait toxique. Les financiers américains le jugeaient trop instable. Trop imprévisible. Trop risqué. Maximilian était une bombe à retardement. Le verdict tomba sans qu'aucun contrat ne soit signé. Maximilian n'était pas un homme en qui on pouvait investir en 1933.

Jusqu'ici, Julian avait toujours senti les failles, mais Maximilian les dissimulait avec brio. Son assurance glaciale et son charisme rendaient tout plausible : les dettes n'étaient jamais que des rumeurs, les excès qu'un simple goût du plaisir, le chaos autour de lui une illusion.

Mais à New York, les masques tombèrent.

Ils s'étaient installés au Waldorf-Astoria, où les puissants du monde entier se croisaient.

Mais ce qui devait être un refuge devint une prison dorée. Des lettres anonymes commencèrent à arriver, glissées sous leur porte. Des créanciers exigeant un remboursement immédiat. Un homme au regard mauvais attendit Maximilian dans le hall une nuit. Il ne dit rien. Il se contenta de le fixer avec un sourire en coin avant de disparaître. Maximilian s'effondrait. Il buvait encore plus. Dormait encore moins.

Julian savait qu'il cachait quelque chose. Et il le découvrit par accident.

Une nuit, alors qu'il rentrait plus tôt d'un dîner raté, il trouva Maximilian dans leur suite. Assis sur le bord du canapé, le regard perdu. Son souffle lent et irrégulier. Sur la table basse, un petit flacon ouvert. Une ampoule de morphine. Un verre à moitié vide.

Il savait qu'il buvait. Il s'était toujours douté qu'il prenait autre chose. Mais le voir ainsi, anéanti, était une toute autre réalité. Julian referma doucement la porte. Il resta là, un instant, à l'observer dans la pénombre

Il aurait pu s'approcher. Il aurait pu parler. Il ne fit rien.

Un soir, après un énième refus, Maximilian explosa.

— Ils ne veulent pas de moi. Ils me méprisent. Ils pensent que je suis fini.

Julian garda le silence. Il voyait un homme au bord du gouffre.

Et il lâcha, froidement :

— Peut-être parce qu'ils ont raison ?

Un coup de poing fusa. Un éclair de rage dans le regard de Maximilian. Puis il quitta la suite sans un mot.

Pour la première fois, Julian comprit que tout cela ne serait plus comme avant.

***

Lorsqu'ils embarquèrent sur le SS Bremen pour rentrer en Allemagne, Maximilian n'était plus le même homme. Et c'est là, en pleine mer, que tout bascula. Un soir, dans le grand salon du paquebot, un homme les rejoignit.

Il se présenta simplement :

— Kaspar von Hellenbach.

Julian connaissait ce nom. Un homme discret, influent, qui œuvrait dans l'ombre du régime. La conversation fut courte. Pas de menaces. Pas de longs discours.

Juste une phrase, prononcée d'un ton neutre :

— Il est temps de revenir à la raison. Nous allons vous offrir la stabilité que vous cherchez, Herr von Neyher.

Julian vit le regard de Maximilian vaciller. Il comprit qu'il n'y avait plus de retour en arrière. Et il comprit aussi que Maximilian ne pouvait plus choisir son camp, et qu'il l'entraînerait avec lui.

Chapitre 8

Francfort, automne 1933.

Les rues résonnaient des marches militaires et des discours martelés par des haut-parleurs accrochés aux lampadaires. Les devantures des commerces juifs se couvraient de graffitis rageurs, certaines vitrines brisées dans une indifférence silencieuse. L'Allemagne changeait. Maximilian changeait avec elle.

Mais à la Villa Neyher, on faisait comme si de rien n'était.

Le service restait impeccable. Des compositions florales fraîches ornaient le salon, des pivoines et des roses pâles jetant des touches de couleur dans le décor. Le Bechstein de la grande salle résonnait encore sous les doigts de virtuoses invités. Schumann, Wagner, Strauss. Une musique puissante, grandiose, un écho de fierté nationale qui semblait résonner plus fort qu'auparavant.

Les dîners s'étiraient dans une nonchalance presque indécente. On parlait de peinture, de littérature. De la renaissance de l'Allemagne sous une "main ferme". De la nécessité d'un ordre nouveau. On voulait croire que l'on pouvait être hors du temps, hors du tumulte.

Mais tout avait déjà changé. Les Invités ne sont plus les mêmes. Il n'y avait plus les mêmes visages.

Fini les poètes trop audacieux, les artistes bohèmes, les intellectuels provocateurs qui, quelques années plus tôt, s'amusaient à tester les limites de la bienséance. Ils avaient disparu. À leur place, des hommes en uniforme brun, des industriels silencieux, préoccupés, des hauts fonctionnaires du Reichswirtschaftsministerium, des officiers de la SS-Wirtschaftsverwaltung. Des aristocrates soucieux de ne pas perdre leurs privilèges.

Un soir, au cours d'un dîner dans la grande salle, un homme s'assit près de Maximilian. Il s'appelait Wilhelm Drexler, un bureaucrate du ministère de l'Économie. Costume impeccable, port rigide, un regard trop inquisiteur.

Julian surprit quelques mots, prononcés d'un ton détaché :

— La stabilisation est nécessaire. Les éléments nuisibles doivent être écartés.

Un silence. Julian posa sa coupe sur la table, lentement. Son regard croisa celui de Charlotte.

Elle, elle voyait exactement ce qui se passait. Plus tard, dans la bibliothèque, entre les étagères remplies d'éditions originales de Goethe et Schiller, elle alluma une cigarette et le fixa d'un air pensif.

— Tu joues avec le temps, Julian.

Il sirotait un negroni, adossé au fauteuil de cuir. Il haussa légèrement les épaules.

— Je n'ai pas l'impression d'avoir d'autres options.

Elle tapota la cendre de sa cigarette dans un cendrier en cristal, puis le regarda droit dans les yeux.

— Tu crois que ce jeu aura une fin heureuse ?

Un silence. Julian sourit, doucement. Mais il ne répondit pas.

***

Le temps passait, d'abord en mois, puis en années. Francfort n'était plus la même. Les rues avaient perdu leur éclat cosmopolite. Les cafés, où résonnaient autrefois mille langues, se vidaient peu à peu, leurs terrasses désertées par ceux qui, quelques mois plus tôt, y débattaient encore de littérature, de politique et d'affaires.

Les institutions juives fermaient une à une, tandis que l'université purgeait ses intellectuels. Des familles quittaient la ville sans un mot, d'autres s'accrochaient à une normalité qui s'effritait. Les boutiques autrefois prospères baissaient définitivement leurs rideaux. Les noms respectés devenaient tabous, d'abord chuchotés dans les salons feutrés, puis effacés des plaques de marbre, des registres, des contrats.

Pourtant, l'argent coulait à flots. Chez Maximilian, les tableaux de maître qui disparaissaient des galeries réapparaissaient dans ses salons., les usines changeaient de propriétaires, les faillites se transformaient en opportunités. Les temps apportaient l'incertitude aux uns, la prospérité aux autres.

Julian, lui, voyait les murs se refermer. L'air devenait plus lourd, les regards plus fuyants.

Le comportement de Maximilian devenait de plus en plus imprévisible et distant. Des éclats de colère trop vifs, suivis de silences étranges. Des nuits d'insomnie, où il errait dans la villa, nerveux, comme un homme traqué par ses propres ombres. Et puis, il y avait ce médecin. Un homme discret, qui venait à des heures improbables, toujours escorté par Friedrich. Il ne restait jamais longtemps. Juste le temps de s'enfermer avec Maximilian et d'en ressortir, l'air impassible. Julian ignorait ce qu'il lui administrait. Mais il savait une chose : Maximilian en avait besoin. De plus en plus.

Peu à peu, Maximilian était devenu une présence oppressante, et Julian savait qu'il ne pouvait plus rester pris dans cet engrenage. Il ne se faisait pas d'illusions : son nom était encore acceptable, mais jusqu'à quand ?

Il avait donc commencé à préparer son départ, prétextant un séjour prolongé sur la Côte d'Azur. Une pause, un repli nécessaire. Mais il avait été imprudent.

Ce soir-là, alors qu'il bouclait sa valise dans sa chambre, la porte s'ouvrit sans frapper. Maximilian était là, appuyé contre l'embrasure, le regard calme mais tranchant.

— Où comptes-tu aller ?

Julian referma la valise d'un geste mesuré.

— Ce n'est qu'un voyage, Maximilian. Quelques semaines.

— Quelques semaines ? (Maximilian fit quelques pas dans la pièce, détaillant le contenu de la valise.) Tout ceci ressemble plutôt à un départ, non ?

— Et si c'en était un ? (Julian croisa les bras, forçant son ton à rester neutre.)

Maximilian haussa légèrement un sourcil, amusé.

— Me prends tu pour un idiot ?

Julian garda le silence. Il savait que la prudence était sa seule alliée.

Maximilian s'avança lentement et posa une main sur la valise, effleurant le cuir du bout des doigts, comme s'il ne faisait que remettre de l'ordre. Puis il s'assit sur le fauteuil en face du lit, avec cette assurance glaciale qui ne laissait jamais de place au doute.

— Julian, écoute-moi bien.

Sa voix n'était ni menaçante ni agressive. Juste implacable.

— Tu crois que je ne sais pas ? (Un sourire fin, cruel.)
— Je sais qui tu es. Je sais d'où tu viens. Je sais qui était ton père.

L'air sembla se figer. Julian sentit son estomac se contracter, mais il ne laissa rien paraître.

— Ce n'est pas un secret, Maximilian.

— Vraiment ? (Il alluma une cigarette lentement, le regard toujours posé sur lui.) — Tu vois ce qui se passe autour de toi. Tu sais ce qui arrive aux autres.

Il se leva et marcha lentement vers lui, laissant planer un silence pesant.

— Rappelle-moi… où est passé Adler ?

Julian tressaillit. Adler, l'un de leurs amis communs, avait quitté Francfort deux mois plus tôt. Depuis, plus de nouvelles.

Maximilian porta sa cigarette à ses lèvres, expira lentement une bouffée de fumée.

— On raconte qu'il a eu un accident sur la route. Malheureux, n'est-ce pas ?

Julian serra les mâchoires. Il comprenait.

Maximilian s'approcha encore, posa une main sur sa nuque, son regard brillant d'une satisfaction glaciale.

— Avec moi, tu es protégé.

Un silence.

— Si tu pars… ça se passera mal.

— C'est une menace ?

Maximilian sourit, à peine.

— C'est un fait.

Julian soutint son regard. Un instant, il pensa à répondre, à argumenter, à se battre. Mais il savait. Il hocha la tête. Lentement. Presque imperceptiblement.

Maximilian laissa glisser sa main jusqu'à son épaule, avec une familiarité troublante, une étreinte qui n'en était pas une.

— Bonne décision.

***

Lorsque Julian rentra du déjeuner en ville, il vit d'abord Maximilian. Il se tenait près des marches, le dos droit, une main glissée dans la poche de son long pardessus en cachemire, qui épousait sa silhouette avec une précision presque insolente. L'autre tenait une cigarette dont la fumée s'élevait en volutes lentes. À son poignet, une Patek Philippe en or rose, sans doute faite sur mesure. Son élégance n'avait rien d'ostentatoire, mais tout en lui attirait le regard.

Puis, en baissant les yeux, Julian aperçut ce qui était garé dans l'allée pavée. Une Mercedes 540 K Spezial-Roadster. Noire. Imposante. Insaisissable.

Sous le ciel gris de Francfort, sa carrosserie vernissée absorbait la lumière comme un gouffre sans fond. Son immense capot cachait un 8 cylindres en ligne de

5,4 litres, prêt à libérer 180 chevaux sous l'effet du compresseur. Une folie mécanique.

C'était une apparition. Un monstre d'acier et de perfection. Ce modèle venait tout juste de sortir. Un bijou d'ingénierie, assemblé à la main, réservé aux plus fortunés. Son prix dépassait les 28 000 Reichsmarks — une somme vertigineuse.

En Allemagne, elle était bien plus qu'une automobile. Elle incarnait la toute-puissance industrielle, la vitesse, la suprématie mécanique. L'une des voitures les plus rapides du monde. La vitrine d'un Reich en expansion, d'un monde qui avançait sans regarder en arrière.

Les hauts dignitaires du régime en commandaient déjà. Goering aurait la sienne. Himmler, peut-être aussi. Les hommes comme Maximilian aussi. Ceux qui savaient s'adapter. Ceux qui ne posaient pas de questions.

Julian s'arrêta net, son regard glissant sur les lignes tendues du capot, sur les courbes musculeuses de la carrosserie. Il comprenait. Ce n'était pas juste une voiture. C'était un signal.

Maximilian tira une bouffée de cigarette avant de souffler lentement la fumée. Il souriait.

— Elle est à toi.

Julian ne répondit pas tout de suite. Il connaissait Maximilian, sa manière d'offrir des choses avec un sourire, tout en serrant une corde invisible autour de la gorge de son interlocuteur. Il détailla la voiture, fit un pas vers elle, regarda le cuir impeccable des sièges. Noir, froid, autoritaire. L'odeur de la sellerie neuve lui parvint, entremêlée à celle de l'essence.

Il ferma brièvement les yeux. Un vertige l'emporta un instant. L'illusion d'une fausse promesse. Puis il se tourna légèrement vers Maximilian.

— J'imagine que ce n'est pas un simple cadeau.

Un léger sourire effleura les lèvres de Maximilian.

— Rien ne l'est jamais, Julian.

Il laissa passer un instant, puis ajouta d'un ton léger, presque amical :

— Un homme de ton rang ne peut pas se permettre d'arriver en retard.

Julian sentit son estomac se nouer. La phrase semblait anodine, presque un compliment. Mais elle sonnait comme une injonction. Une menace. "Un homme de ton rang." Maximilian ne parlait pas de noblesse ou de richesse. Il parlait d'un statut fragile, d'un équilibre précaire.

Il parlait d'un monde où l'on devait avancer au bon rythme, suivre la cadence, ne jamais trébucher. Et Julian savait ce que cela signifiait. Il pouvait prendre les clés et monter dans cette voiture, comme on monte sur un échafaud. Ou refuser. Et découvrir ce qu'il advient de ceux qui restent en arrière.

Dans les deux cas, le piège s'était refermé. Julian serra les doigts autour du porte-clés en métal glacé. Il n'avait plus le choix.

Chapitre 9

Julian s'adaptait. Du moins, il essayait. Il continuait à revêtir ses costumes impeccablement taillés, à ajuster ses manchettes avec précision, à afficher ce sourire distant et maîtrisé lors des soirées mondaines. Il serrait des mains. Il hochait la tête aux discours officiels. Il écoutait, parlait peu, riait quand il le fallait. Mais à l'intérieur, quelque chose se fissurait. Il était encore là. Mais une partie de lui s'effaçait.

Il suivait le rythme imposé. Il ne trébuchait pas. Mais il ne vivait plus vraiment.

Son seul échappatoire, c'étaient ces parenthèses hors du temps, lorsque Charlotte l'entraînait dans l'un de ses caprices. Un essayage dans une boutique luxueuse de la Kaiserstraße, une visite chez son tailleur ou chez son bijoutier préféré. Là où l'on commandait encore des tissus de soie importés de Paris, comme si le monde n'était pas en train de vaciller. Des instants où tout semblait encore léger, presque normal.

Un après-midi, alors qu'il patientait, adossé à un fauteuil en velours, Charlotte surgit d'un rideau d'essayage vêtue d'une robe outrageusement moderne – une coupe droite, sévère, que seuls les magazines de mode osaient afficher. L'air autour d'elle était saturé de son parfum Chanel N°5, un sillage reconnaissable entre mille, un luxe insouciant dans un monde devenu brutal. Elle s'arrêta devant lui, haussa un sourcil.

— Alors ? -Ais-je l'air d'une femme fatale ou d'une catastrophe industrielle ??

Julian fit mine de la scruter avec sérieux, lissa son veston, et déclara avec une gravité feinte :

— Tout dépend si tu veux séduire un ambassadeur ou lui faire regretter d'être venu.

Charlotte éclata de rire, attirant le regard scandalisé d'une vendeuse.

C'était comme ça, entre eux. Un jeu, une complicité teintée d'ironie. Il l'écoutait parler de soie, de tendances parisiennes, de la coupe parfaite d'un manteau, comme si cela avait encore une importance. Il se laissait aller, riait parfois, se prêtait à l'illusion.

Mais il savait que tout cela n'était qu'un décor fragile, une parenthèse insensée dans un monde qui se disloquait.

Et cela ne masquait pas que le changement, d'abord insidieux et silencieux, devenait brutalement présent. Il ne touchait plus seulement des inconnus. Il atteignait désormais son cercle d'amis.

Elias Rosenfeld était de ceux-là.

Un marchand d'art respecté, un homme élégant et érudit, qui avait appris à Julian à reconnaître les chefs-d'œuvre, à comprendre ce qui faisait la grandeur d'un tableau.

Julian se souvenait encore de ces longues soirées dans l'appartement lumineux d'Elias, sur la Bockenheimer Landstraße, où ce dernier lui montrait ses acquisitions avec une fierté mesurée, presque pudique.

C'était lui qui lui avait appris à reconnaître une touche de Soutine, un vernis typique d'un Rembrandt, une toile qui avait une âme.

Lors d'une réception, Julian avait tenté d'en savoir plus. Un invité haussa les épaules, un sourire figé sur les lèvres.

— Avez-vous eu des nouvelles de Rosenfeld ?

— Il est parti pour Paris.

Julian ne répondit rien. Il savait que c'était faux.

Les hommes comme Elias ne disparaissaient pas ainsi, sans un mot, sans un adieu.

Il était allé quelques jours plus tard à sa galerie, sur la Schillerstraße, pour s'assurer de ce qu'il pressentait déjà. Et il vit de ses propres yeux ce qui restait.

Les vitrines vides. Les murs, nus, gardaient encore la marque des cadres disparus. Sur le sol, des lambeaux de toiles lacérées, piétinées, abandonnées. Tout avait disparu.

Mais ce n'était pas le pire. Le pire, c'est qu'Elias lui-même avait disparu. Pas un mot. Pas une trace.

Julian resta figé devant ce spectacle sinistre. C'était la première fois qu'il voyait la violence du changement de ses propres yeux.

L'air était saturé de paranoïa. Les derniers amis juifs disparaissaient sans explication. Ceux qui restaient se faisaient discrets, avançaient à pas feutrés, le regard baissé. Plus personne ne parlait à voix haute. Les conversations s'abrégeaient, les poignées de main se faisaient rares. La Villa Neyher, autrefois un centre éclatant de la vie mondaine, semblait plus froide, plus vide. Le vent du changement balayait désormais aussi les sommets de la haute société francfortoise, emportant ceux qui, autrefois, semblaient inébranlables.

Ce fut la Villa Speyer qui tomba en 1937. Un joyau architectural, symbole d'un monde raffiné et insouciant, une maison où l'histoire et l'art se mêlaient à la perfection. Elle venait d'être "réattribuée". Un mot élégant pour dire volée.

Puis, en novembre 1938, peu après la Nuit de Cristal, ce fut le tour d'Arthur von Weinberg. Un nom qui incarnait Francfort. Un industriel visionnaire, un homme de sciences et de progrès, mais surtout, le plus grand mécène et collectionneur d'art de la ville. Il avait soutenu les musées, les artistes, les restaurations, œuvrant pour préserver et enrichir le patrimoine culturel allemand.

Julian l'avait croisé à maintes reprises. Dans les galeries. Aux expositions. Dans ces salons feutrés où l'on parlait d'art avec ferveur. Arthur n'était pas un simple notable. C'était une figure paternelle, un homme d'une érudition profonde, d'une humanité sincère, qui savait écouter autant qu'enseigner. Son regard bienveillant, son discours posé, son amour inconditionnel pour la beauté des œuvres... Julian l'avait admiré.

Déjà à partir de 1935, il avait été progressivement écarté. Radié de ses fonctions. Puis, en 1938, ses usines, ses biens, ses œuvres, tout avait été confisqué. Vendu à l'État pour des sommes dérisoires. Son nom, autrefois synonyme de grandeur, effacé. Julian serra le journal entre ses mains, lisant les lignes froides et bureaucratiques qui détaillaient sa spoliation méthodique. Un homme de cette envergure. Anéanti en une nuit.

Ce fut un choc plus intime que les autres. Arthur s'était converti au christianisme en 1916. Il avait épousé la culture allemande, servi son pays, cru en son intégration. Mais rien de tout cela n'avait compté. Julian sentit une vague glacée monter en lui.

Si même lui pouvait être ainsi anéanti, que restait-il pour ceux dont la lignée n'avait jamais été effacée par une conversion ? Et lui ? Jusqu'à quand pourrait-il resterait-ici ?

Tout s'effondrait. Ce que Julian lisait dans les journaux n'était plus abstrait. Ce n'étaient pas des rumeurs, pas des murmures lancés dans les salons. C'était réel. Brutal. Sans retour.

Julian ne pouvait plus se taire. Il savait que c'était une erreur. Mais il devait parler. Ce soir-là, il retrouva Maximilian dans le grand salon, une cigarette aux lèvres, un verre de cognac à la main. Comme si de rien n'était. Julian, lui, était encore habité par l'image du journal froissé entre ses doigts, par l'annonce brutale de la spoliation d'Arthur von Weinberg. Il s'approcha lentement, sa voix plus dure qu'il ne l'aurait voulu.

— Arthur von Weinberg… tu as lu ce qu'ils ont fait ?

Maximilian expira une bouffée de fumée et haussa un sourcil, comme si le nom ne lui évoquait qu'un vague souvenir.

— J'ai vu, oui.

Un silence. Julian attendait une suite, une réaction, un sursaut. Mais rien.

— C'est tout ?

Maximilian tourna légèrement la tête vers lui, le regard un peu plus aiguisé cette fois.

— Que veux-tu que je dise, Julian ? Ce n'est pas une surprise.

Julian sentit une colère froide monter en lui.

— Un homme comme lui… il a façonné cette ville, il a donné aux musées, aux artistes… et maintenant ? Son nom a été rayé d'un trait de plume.

Maximilian posa lentement son verre sur la table basse, croisant les jambes avec une décontraction feinte.

— Arthur a commis une erreur.

Julian fronça les sourcils. Une erreur ?

— Quelle erreur ?

Maximilian esquissa un sourire, mais son regard s'était refroidi.

— Il a cru qu'il pourrait rester.

Julian sentit le sol se dérober sous lui.

Il ouvrit la bouche pour répliquer, mais aucun mot ne vint. Maximilian se leva, s'approcha et réajusta la veste de Julian d'un geste précis.

— Tu devrais être plus intelligent que ça, Julian.

— Que veux-tu dire ? Sa voix était plus rauque, moins assurée.

Maximilian lissa ses poignets, comme si cette conversation était un simple contretemps.

— Tu es en sécurité ici. Tu as tout ce qu'il faut. Ne te perds pas dans des élans de nostalgie.

Julian sentit le poids de cette phrase. Un avertissement déguisé.

— Tu savais ? souffla-t-il.

Maximilian haussa légèrement les sourcils, puis attrapa son verre de cognac avant de se détourner.

— Bonne nuit, Julian.

Julian resta immobile quelques secondes, fixant le dos de Maximilian qui s'éloignait dans le couloir. Puis, le silence retomba. Un silence épais, qui semblait alourdir la pièce. Les braises dans la cheminée s'éteignaient lentement. Et pourtant, tout en lui restait en mouvement. Il entendait encore la voix de Maximilian.

"Tu devrais être plus intelligent que ça."
"Ne te perds pas dans des élans de nostalgie."

Les mots résonnaient en boucle, se heurtaient aux images d'Arthur von Weinberg, au visage de Jakob Rosenfeld, aux noms qu'on effaçait un à un. Maximilian savait. Julian n'en avait plus aucun doute. Mais depuis quand ? Jusqu'où allait cette connaissance ?

Il serra les mâchoires Il devait savoir. Il se leva sans bruit et passa la tête dans le couloir.

Silence. La villa dormait. Il aurait pu laisser couler. Rejoindre sa chambre. Faire semblant que rien ne s'était passé. Mais il n'y arrivait pas. Il devait savoir.

Ses pas le guidèrent presque inconsciemment vers le bureau de Maximilian. les ombres des lustres s'étiraient sur le parquet. La porte du bureau était entrouverte. Il poussa doucement la porte et entra. L'odeur des cigarettes et du parfum de Maximilian flottait encore dans l'air, mêlée à celle du vieux cuir et du bois ciré.

Tout était parfaitement ordonné sur le grand bureau en acajou. Tout… sauf un tiroir. Légèrement entrouvert. Un simple dossier rouge foncé dépassait légèrement. Rien. Un détail. Il tendit la main et tira lentement le dossier. En haut à gauche, une mention en lettres noires :

"Geheime Reichssache – Streng geheim." (Affaire secrète du Reich – Strictement confidentiel.)

En bas à droite, un tampon officiel : *"RSHA / Abteilung IV – Sonderakte."* (RSHA – Département IV – Dossier spécial.)

Julian sentit son cœur accélérer. Il l'ouvrit. Des plans industriels. Il plissa les yeux, parcourut les schémas techniques, les annotations en marge. Au premier regard, cela ressemblait à des infrastructures minières, des structures métalliques, des conduits de ventilation. Mais quelque chose clochait.

Les annotations. *"Conformes aux exigences du RSHA."* Julian fronça les sourcils. Le Reichssicherheitshauptamt. Le Bureau principal de la Sécurité du Reich. Pourquoi des plans industriels portaient-ils l'empreinte de l'agence la plus secrète du régime ?

Il tourna une autre page. Des camps de travail. Des spécifications techniques. Des conduits massifs. Des pièces métalliques destinées à des systèmes de filtration, des installations sanitaires. Julian s'arrêta. Ses doigts tremblaient légèrement. Son regard glissa vers un autre mot. *"Verbrennungsanlagen."* Installations de crémation.

Chaque page portait, en bas, les initiales manuscrites de Maximilian. Un frisson glacé remonta le long de sa colonne vertébrale.

Puis, en fouillant un peu plus dans le tiroir, il trouva d'autres dossiers. Cette fois-ci, brun foncé. Ils portaient, eux aussi, le nom de Maximilian. *"Transfert des actifs industriels conformément aux directives du Reich."* Julian sentit son souffle se bloquer.

Ses yeux parcoururent les signatures. Les montants. Les noms. Les usines rachetées. Les entreprises confisquées. Les biens pillés. Tout était documenté. Organisé. Méthodique.

Maximilian n'était pas un simple spectateur. Il était un rouage essentiel du système. Un battement sourd emplissait la pièce. Son propre cœur. Julian s'adossa lentement au fauteuil. Ses mains étaient glacées. Il avait fermé les yeux trop longtemps.

Chapitre 10

Décembre 1938.

La neige s'accumulait en couches épaisses sur le parc de la demeure, alourdissant les branches des arbres nus. Le froid mordant s'infiltrait sous les portes, engourdissait les corps. La ville entière semblait figée, prise dans une léthargie glaciale.

Un petit groupe de hauts gradés de la SS, accompagnés parfois de quelques figures politiques allait et venait à toute heure. Des silhouettes sombres traversaient l'allée verglacée, s'engouffraient dans la villa avant que la porte ne se referme derrière elles. Les discussions, étouffées par les murs épais s'éternisaient. Parfois jusqu'à l'aube.

Même le personnel avait changé d'attitude. Les pas se faisaient plus discrets, les visages plus fermés. On évitait les regards. On évitait les questions.

Julian n'appartenait pas à leur monde, mais il y était ancré malgré lui. Officiellement, il était un homme de réseau, un facilitateur. Maximilian le présentait comme un conseiller discret, chargé d'entretenir certains contacts et relations internationales en dehors des cercles du parti. Un rôle flou, suffisant pour justifier sa présence.

Mais personne n'était dupe. On tolérait sa place à la villa sans poser de questions, sans jamais le nommer pour ce qu'il était vraiment. Mais sa présence ne plaisait pas à tout le monde. Il le voyait dans les regards furtifs, dans les silences pesants. Certains officiers SS baissaient le ton lorsqu'il entrait dans une pièce. D'autres lui adressaient des sourires en coin qu'il n'aimait pas. Il était là parce que Maximilian l'avait voulu ainsi. Et Maximilian ne partageait jamais ce qui lui appartenait.

Friedrich était toujours là, comme une ombre persistante. Il n'avait pas cessé, toutes ces années, de lui rendre la vie impossible. Julian s'y était habitué. Friedrich avait cette façon exaspérante de se poser en maître des lieux, de le jauger, de le tester. Il n'attendait qu'une erreur. Un faux pas. Une faille.

Mais il y avait un autre homme, cette fois-ci. Un officier SS. Julian ignorait son nom, mais il le détestait déjà. Quelque chose clochait chez lui. Un air de maîtrise teinté d'excès. Un contrôle apparent, mais une énergie sous-jacente désagréable, à peine dissimulée.

Ses cheveux gominés en arrière laissaient apparaître des golfes légèrement creusés aux tempes. Son visage anguleux, marqué par une fine cicatrice le long de la pommette, semblait taillé à la serpe. Mais c'était son regard qui dérangeait le plus.

Bleu clair. Perçant. Fixe. Un regard qui scannait, déshabillait, possédait avant même de toucher. Et puis, il y avait sa voix. Lente, grave. Une voix au timbre rugueux, traînant légèrement sur certains mots. Un accent. Pas cet allemand impeccable des élites, mais une tonalité plus brute, plus populaire, que même la rigueur militaire n'avait pas entièrement gommée.

Il souriait souvent, mais sans chaleur. Juste ce rictus trop posé, trop maîtrisé, qui collait à ses lèvres comme une habitude.

Et cette odeur. Un mélange de tabac froid, de sueur et d'un parfum trop fort, boisé, épicé, presque étouffant. Comme s'il cherchait à masquer autre chose.

Il y avait toujours ces moments où Julian sentait sa présence avant même qu'il ne s'approche vraiment. Une ombre dans son dos. Un déplacement imperceptible dans la pièce. Et puis, le contact. Presque rien mais trop souvent, un frôlement, un veston qui effleure le sien dans un couloir trop étroit. Une main qui passe trop près en attrapant un verre.

Une proximité toujours anodine en apparence, mais qui durait une fraction de seconde de trop. À chaque fois Julian serrait la mâchoire, se raidissait, mais il ne pouvait rien dire. Le regard de l'officier, lui, restait le même. Froid. Conscient. Et il s'éloignait toujours lentement, avec ce sourire insaisissable. Comme si tout cela était un jeu dont lui seul connaissait les règles.

Maximilian ne voyait pas cela d'un bon œil. Il avait capté le manège de l'officier dès les premiers échanges, dans ces regards trop appuyés, ces gestes anodins en apparence, mais qui dissimulaient autre chose. Un intérêt évident. Une convoitise à peine voilée.

Mais intervenir était hors de question. Ce genre de choses n'existait pas. Pas officiellement. Surtout pas ici, pas devant ces hommes-là. Maximilian ne pouvait rien dire, rien montrer, sous peine de soulever des soupçons plus dangereux encore.

Alors il observait. Discrètement, mais avec une attention nouvelle. Il s'arrangeait pour être toujours dans l'ombre, jamais loin, feignant l'indifférence alors qu'en réalité, chaque mouvement, chaque regard, chaque interaction lui sautait aux yeux.

L'officier savait qu'il était observé. Et il s'en amusait.

Chapitre 11

30 janvier 1939.

L'anniversaire de l'accession d'Hitler au pouvoir était célébré en grande pompe à la Villa Neyher. Une réception grandiose, où l'on levait des verres en l'honneur du Führer, où l'on riait trop fort, où les conversations étaient plus bruyantes, plus tranchantes. Bien loin des réceptions d'autrefois. Si les élégantes tenues de soirée de l'élite francfortoise répondaient encore à l'appel, les compositions florales avaient disparu. Plus de bouquets délicats pour adoucir les lignes du mobilier, plus de parfums subtils flottant dans l'air. Juste des espaces vides, des lumières trop vives et un froid étrange, malgré la chaleur des corps entassés. Dans la grande salle, les accords de Wagner résonnaient, imposants, martiaux, comme pour écraser toute autre pensée

Julian, vêtu de son habituel masque de courtoisie, se mouvait parmi les invités, esquivant les regards et évitant de croiser celui de l'officier. Tout sonnait creux. Il attendait que la soirée s'achève.

Il s'apprêtait à quitter la pièce lorsqu'un domestique lui glissa, presque distraitement, un billet plié en quatre entre les doigts. Il n'eut pas le temps de réagir, la main avait déjà disparu, absorbée par la chorégraphie bien rodée du service.

D'abord, il n'y prêta qu'une attention distante, pensant à une énième note de Maximilian. Mais lorsqu'il le déplia, ses doigts se figèrent.

> *"Jakob. J'espère que tu n'as pas oublié ton vrai nom. On a des choses à régler, toi et moi. Et je peux te garantir que tu préféreras m'écouter.*
> *J'ai appris des choses intéressantes sur Maximilian. Si tu veux savoir ce qu'il cache, viens me trouver. Demain à 16:30, dans le bois derrière la Villa."*

Ses yeux parcoururent chaque mot, une fois, puis une seconde, plus lentement.

"Jakob."

La simple vision de ce nom lui serra la gorge, comme un fantôme qu'il avait tenté d'effacer et qui revenait, inévitablement. Un frisson glacé lui parcourut l'échine.

Il referma le billet d'un geste sec et jeta un regard autour de lui. Personne ne semblait faire attention à lui, trop occupé à rire, à trinquer, à vanter les mérites d'une Allemagne en pleine puissance. Il aurait pu brûler ce morceau de papier, feindre de ne jamais l'avoir lu. Mais il n'en fit rien. Ses doigts se crispèrent sur le billet.

Demain, à 16:30h. Dans le bois derrière la Villa.

Il ne dormit pas de la nuit. Tournant et retournant le billet entre ses doigts, le regard perdu dans l'obscurité. Par moments, il songeait à en parler à Charlotte. À Maximilian. Mais ce n'était pas une option. Qui ce pouvait être, et si c'était un piège ? Et si quelqu'un d'autre savait déjà ?

À l'aube, ses pensées n'avaient rien résolu, seulement creusé un gouffre plus profond sous ses pieds.

Le lendemain, peu avant 16:30, il quitta la Villa et s'engagea dans le bois. L'air était froid, mordant, et le sol durci par le gel craquait sous ses pas. La lumière déclinait rapidement, virant au bleu-gris, projetant de longues ombres incertaines entre les troncs dénudés. Chaque souffle produisait une buée éphémère, se dissipant rapidement dans l'air glacial. Le silence était seulement troublé par le crissement de ses pas sur la fine couche de neige.

Puis, il aperçut une silhouette, appuyée nonchalamment contre un arbre. L'officier. Un sourire en coin, une cigarette entre les doigts. Comme s'il l'attendait depuis toujours.

— Jakob.

Le mot tomba doucement, avec une fausse légèreté.

— Je savais que tu viendrais.

Julian ne réagit pas. Ne pas donner prise.

— Vous vouliez me parler ? répondit-il, d'une voix calme, contenue.

L'officier eut un rictus amusé.

— Toujours aussi poli…

Il écrasa sa cigarette contre sa botte, sans le quitter des yeux, puis s'approcha d'un pas. Puis d'un autre. L'espace entre eux se réduisit imperceptiblement.

— Tu as bien appris à jouer ton rôle, hein ?

Julian ne broncha pas. L'officier le jaugea, l'évalua, puis secoua légèrement la tête, comme s'il prenait le temps d'apprécier l'effet qu'il produisait.

— Tu veux savoir pourquoi je t'ai fait venir ici ? Un silence calculé — C'est à propos de Maximilian.

Le nom frappa comme un coup porté à la poitrine. L'officier sourit. Un sourire lent, mesuré

— Que voulez-vous dire ?

— Tu crois tout savoir sur lui ? Il haussa un sourcil — Tu penses qu'il te dit tout ?

Julian resta impassible.

— Je pourrais te raconter pas mal de choses intéressantes. Des choses que tu n'imagines même pas.

Un frisson glacial lui remonta l'échine. L'officier s'arrêta, examina Julian avec un plaisir manifeste.

— C'est fou, quand on y pense… Te voilà, dans ta belle villa, à jouer le parfait jeune homme du monde…

Il marqua une pause.

— Mais moi, je sais ce que tu es.

Julian serra imperceptiblement la mâchoire.

— Vraiment ? Il inclina légèrement la tête.

— Et qu'est-ce que je suis, selon vous ?

L'officier le fixa. Longtemps. Un silence tendu. Puis, il souffla enfin, savourant chaque syllabe.

— Une opportunité.

Un battement de cœur. L'officier s'approcha encore. Julian fit un pas en arrière. Un cliquetis métallique éclata dans le silence. Le pistolet. L'officier le pointait vers lui.

— Un échange équitable me semble plus approprié.

Un second cliquetis. L'officier posa son autre main sur son ceinturon, jouant distraitement avec la boucle.

— Je suis sûr qu'on peut trouver un arrangement, toi et moi.

D'un geste lent, il défit son ceinturon, détacha un bouton. Julian resta immobile, mais il sentit son souffle se raccourcir. L'officier inclina la tête.

— À genoux Jakob !

Le claquement sec d'un coup de feu résonna violemment entre les arbres, brisant la quiétude pesante de l'après-midi. L'officier se figea, ses yeux s'écarquillant dans un mélange d'incompréhension et de stupeur.

Un instant plus tôt, il tenait encore Julian sous sa coupe, son souffle trop proche, son emprise trop forte. Maintenant, il basculait lentement en arrière, un filet de sang s'échappant de ses lèvres, avant de s'effondrer lourdement sur le sol humide. Mort. L'écho du coup de feu vibrait encore dans l'air, se fondant dans le silence retombé sur la forêt.

Julian recula, son corps tout entier crispé. Il tourna brusquement la tête vers les arbres, là où l'ombre s'effaçait déjà entre les troncs. Une silhouette, rapide, indéchiffrable, absorbée par la pénombre naissante. Trop loin pour qu'il puisse distinguer un visage. Trop rapide pour qu'il puisse crier quoi que ce soit. Il resta figé, le corps tendu, incapable de bouger.

***

Ce fut un garde forestier qui découvrit le corps à l'aube. Étendu sur le dos, partiellement recouvert de givre. Une large tache brun-rouge souillait la neige durcie.

L'enquête menée les jours suivants conclut à un accident militaire. À proximité, une caserne menait régulièrement des exercices de tir en forêt. Selon le rapport officiel, l'officier aurait été touché par une balle perdue lors d'un entraînement en fin de journée. L'armée qualifia l'incident de malheureux, et l'affaire fut classée sans suite.

Puis, comme sortant de nulle part, des rumeurs commencèrent à circuler. On parlait de circonstances étranges.

Friedrich, lui, jouait son rôle avec une habileté froide. Il n'accusait jamais Julian directement. Il n'en avait pas besoin. Il posait des questions en apparence anodines, laissait planer des silences calculés, offrait des fragments d'information subtilement déformés. Si ce n'était pas un accident, mais un meurtre ? Un règlement de comptes ? Une histoire personnelle qui aurait mal tourné ?

Que faisait l'officier dans le bois, si tard, si près de la Villa ?

Puis vint l'idée d'une dette, d'un conflit, d'un différend non réglé. Certains chuchotaient que l'officier et Julian se connaissaient bien. Trop bien. D'autres insinuaient qu'une dispute avait éclaté entre eux ces dernières semaines.

Une remarque glissée entre deux gorgées de café :

— Von Bergen a toujours eu un tempérament… vif. Il ne laisse rien passer.

Ou encore :

— Il était le dernier à l'avoir vu…

Les rumeurs prirent racine. Lors d'un déjeuner, un invité posa à Julian une question inattendue :

— Vous étiez bien dans le Stadtwald ce soir-là ?

Julian releva la tête, surpris. Des regards se tournèrent vers lui. Friedrich, assis non loin, eut un léger mouvement de tête, comme s'il suivait la conversation d'un air détaché.

Puis l'atmosphère changea. Johannes, habituellement serviable et jovial, devint plus distant. Otto, le majordome, marqua un temps d'hésitation avant de lui tendre son manteau. Franzi et Elsa cessèrent soudainement de faire sa chambre chaque matin. Quant aux invités, ils commençaient à l'éviter.

Friedrich savait exactement comment semer le doute. Un commentaire laissé en passant dans un couloir :

— Drôle comme certaines choses finissent toujours par se savoir…et certains cachent bien leurs vraies origines !

Un soupir discret alors qu'il quittait une pièce, juste assez fort pour qu'on lui demande :

— Vous parliez de Julian ?

— Moi ? Je ne dis rien…

Petit à petit, les regards changèrent. Les chuchotements prirent de l'ampleur. Julian sentait que quelque chose était en train de se refermer sur lui, mais il ne comprenait pas encore que Friedrich en était l'architecte.

Un soir, Julian se décida à confronter Maximilian. Il hésita devant la porte de sa chambre, puis frappa.

Une seconde de silence. Puis la voix de Maximilian, calme, presque paresseuse :

— Entre.

Julian poussa la porte.

Maximilian était assis dans son fauteuil Vassily, les deux pieds nus bien ancrés au sol, les coudes posés sur les accoudoirs. Sa robe de chambre en soie bleu nuit, qui lui arrivait juste au-dessus des genoux, s'ouvrait légèrement sur un torse musclé, parcouru de quelques poils blonds presque invisibles. La peau tendue à la naissance des épaules accentuait les lignes du corps — nettes, maîtrisées, sans faille.

Ses cheveux blonds, encore humides, étaient coiffés en arrière, sans raideur. À son poignet, une montre argentée, sans doute une Lange & Söhne qui brillait brièvement sous la lumière. Entre les doigts de sa main droite, il tenait une cigarette, à peine entamée, qui laissait échapper une fine fumée droite, presque immobile.

Il leva les yeux. Aucun mot. Aucune surprise. Juste ce regard direct, stable, comme s'il savait exactement pourquoi Julian était là.

Julian resta un instant immobile. Il referma la porte derrière lui.

— Ils parlent, murmura-t-il.

Maximilian expira lentement la fumée, le regard indéchiffrable.

— Qui ça, "ils" ?

— Les invités. Les domestiques. Ils chuchotent, ils murmurent. Et Friedrich…

Maximilian esquissa un sourire léger, amusé.

— Friedrich parle toujours trop. Tu devrais y être habitué.

— Ne fais pas ça, répliqua Julian, la mâchoire crispée. Je sais que tu entends ce qui se dit.

Maximilian écrasa sa cigarette dans un cendrier, se leva et s'approcha lentement. L'espace entre eux se réduisit, imperceptiblement.

— Ce qui se dit… il marqua une pause, mesurant ses mots. Tu devrais peut-être cesser de te soucier de ce que les autres pensent.

— Ce n'est pas qu'une question de ragots. Ils insistent. Ils cherchent quelqu'un à accuser.

Maximilian posa doucement une main sur son épaule. Un geste presque tendre, mais froid.

— Et toi, Julian ? À quoi t'attendais-tu ?

Julian sentit un léger inconfort le prendre entre les omoplates, presque comme une piqûre.

— Tu veux dire quoi par-là ?

Maximilian ne répondit pas immédiatement. Il laissa planer un silence, un de ceux qui rendent fous. Puis, il tapota légèrement l'épaule de Julian avant de s'éloigner vers la fenêtre.

— Tu as l'air fatigué. Toute cette histoire t'affecte plus que je ne l'aurais cru.

Julian recula d'un pas, méfiant.

— Tu ne réponds pas.

Maximilian sourit, attrapa une autre cigarette, l'alluma calmement avant de répondre, la voix basse mais parfaitement maîtrisée :

— Je dis simplement que parfois, les choses prennent une ampleur qu'on ne contrôle plus. Et qu'il faut savoir s'adapter.

Il expira lentement la fumée et ajouta avec un sourire énigmatique :

— Tu devrais y réfléchir… avant qu'il ne soit trop tard.

Julian referma la porte derrière lui, une tension sourde lui nouant la poitrine. Il n'avait jamais parlé de la scène dans la forêt avec Maximilian. Il y avait des choses qu'ils ne se disaient pas, non pas par ignorance mais pour essayer de maintenir c'est équilibre fragile que la violence des vérités pourrait faire chavirer. Et la mort de l'officier faisait partie de ces choses-là.

Il avait toujours su que Maximilian était imprévisible, narcissique, colérique, possessif. Il avait accepté ses excès, ses crises, son besoin constant de contrôle. Il avait cru pouvoir les gérer. Mais il n'avait jamais envisagé qu'il puisse jouer contre lui.

Quelque chose venait de changer. Ce n'était plus seulement un homme instable. C'était un homme dangereux. Une sensation étrange s'insinua en lui, un doute qu'il ne parvenait pas à chasser. Maximilian l'avait-il laissé tomber, ou pire encore… était-il en train d'orchestrer sa chute ? Pour la première fois, Julian sentit qu'il était seul. Vraiment seul.

***

L'air nocturne était glacial. Julian marchait seul le long de la Taunusanlage, cherchant un apaisement qu'il savait ne pas trouver. Autour de lui, la ville bruissait encore légèrement, quelques silhouettes furtives traversant la pénombre, mais ici, sous les arbres dénudés du parc, tout était plus calme. Seul l'écho lointain d'un tram résonnait sur les façades des immeubles bourgeois.

Là où, quelques années plus tôt, des apartés furtifs et des regards entendus s'échangeaient sur les bancs, il n'y avait plus que des ombres éparses. Un silence pesant s'installait, à peine troublé par le vent glacé qui s'engouffrait dans les allées désertes. Il était sur le point de rebrousser chemin lorsqu'une voix retentit derrière lui.

— Von Bergen.

Julian s'arrêta net. Un homme se tenait là, à quelques mètres, enveloppé dans un long manteau sombre, un chapeau baissé sur son visage. Il s'approcha juste assez pour que la lumière d'un réverbère dévoile la ligne tendue de sa mâchoire.

— Fais attention à toi.

Julian ne répondit pas, son cœur battant plus vite qu'il ne l'aurait voulu. Le ton de cet homme, dont la voix lui était inconnue, ne portait pas la menace, mais plutôt l'avertissement de quelqu'un qui, étrangement, semblait vouloir son bien.

L'homme le fixa quelques secondes avant d'ajouter, d'une voix grave et posée :

— Ce n'est pas le moment de te croire à l'abri. Les choses bougent. Et pas dans le bon sens.

Il marqua une pause, puis conclut :

— Je ne peux pas en dire plus. Mais si tu veux rester en vie... reste invisible.

Puis, sans un mot de plus, il tourna les talons et disparut dans l'ombre du parc, avalé par l' obscurité.

Julian passa une main sur sa nuque, cherchant à dissiper le poids de l'avertissement. Il hésita un instant, puis reprit lentement sa marche. Il avait compris, même s'il refusait encore de l'admettre. Ce n'était plus seulement sa réputation qui était en jeu, mais sa vie. Il devait quitter le pays. Et vite.

Chapitre 12

Pour Julian, l'idée de partir devenait une nécessité pressante, mais aussi de plus en plus difficile à mettre en œuvre. Sa seule chance reposait désormais sur un homme qu'il avait rencontré deux ans plus tôt grâce à Charlotte : Lucien Morel.

Un diplomate français de stature moyenne à l'élégance discrète. Il n'était pas beau, au sens classique, mais il avait ce charisme subtil, cette assurance calme, une intelligence vive dont il savait jouer avec humilité, une énergie toute particulière et rassurante qui intriguait Julian. Un contrepoids parfait à Maximilian, qui, lui, ne jure que par le pouvoir et la domination. Lucien avait toujours eu une faiblesse pour Julian. Même s'il ne l'avait jamais avoué ouvertement.

Charlotte avait tout arrangé. Un rendez-vous discret, à l'abri des regards indiscrets. Lucien devait lui remettre des billets de train, de nouveaux papiers. Une identité propre à le faire disparaître. Une dernière porte de sortie. Si seulement Julian acceptait enfin de la franchir.

Julian quitta la villa tard dans la nuit. L'air était chargé, une brume épaisse rampait sur les routes, étouffant les bruits de la ville.

Il ouvrit la portière de sa Mercedes 540 K, s'y glissa d'un geste rapide et la referma dans un claquement sec. Il passa la main sous le tableau de bord, inséra la clé dans le barillet dissimulé, et la tourna lentement. Puis il saisit la tirette couleur ivoire cerclée de chrome, juste à droite du compteur de vitesse, et l'actionna d'un coup sec. Le moteur s'ébroua dans un grondement sourd.

D'un geste précis, il fit pivoter la petite molette sur le tableau de bord nacré. Un double déclic. Les phares Bosch, l'un des derniers raffinements montés à l'usine de Sindelfingen, s'allumèrent d'un éclat jaune, perçant la nuit et dessinant les pavés mouillés de l'allée de la Villa. La pluie fine ruisselait sur le capot lustré.

Un mince souffle de condensation s'échappait de la large sortie d'échappement aplatie, pulsé par le battement grave du huit cylindres — comme le souffle régulier d'une bête au repos.

Il laissa la voiture glisser lentement jusqu'à la grille donnant sur la Mörfelder-Landstraße. Un instant d'immobilité. Il inspira profondément, enclencha la première, puis écrasa l'accélérateur.

Le moteur gronda, rauque et puissant, et la voiture s'élança dans la nuit. Les rues de Francfort défilaient à toute vitesse, fantomatiques, les réverbères projetant des ombres mouvantes sur le bitume luisant. Julian avait l'habitude de rouler vite. Mais ce soir, il ne cherchait pas l'adrénaline. Il fuyait.

Il quitta les larges boulevards pour s'engager sur une route plus étroite, serpentant vers le Taunus. À cette vitesse, beaucoup auraient hésité. La Mercedes, massive et nerveuse, au pare-brise divisé en deux, offrait une visibilité précaire. À cette allure, elle demandait plus qu'une simple habileté : il fallait une maîtrise instinctive, un corps à corps avec la machine. Mais Julian n'était pas n'importe quel conducteur. Il était un pilote hors-pair. Il ne luttait pas contre la voiture — il la comprenait, il la guidait. Elle obéissait.

La Mercedes filait à toute vitesse, telle une ombre qui tranchait la nuit, le compresseur rugissant, répercutant son écho contre les arbres humides du massif. Les kilomètres défilaient.

Puis des lumières apparurent au loin.

Julian sentit son cœur se serrer. Un contrôle. Il freina brusquement, les pneus crissant sur la route mouillée. Torches levées. Uniformes noirs. Une barrière en bois bloquant la route.

L'officier s'avança lentement. Il n'était pas seul. Derrière lui, d'autres soldats attendaient, l'arme en bandoulière, postés comme des chiens de garde.

Julian gardait son calme, mais il sentit une tension glacée lui nouer la gorge.

Un second soldat fit le tour de la Mercedes, effleurant la carrosserie lustrée du bout des doigts. L'officier braqua sa lampe sur lui, puis tendit la main :

— Vos papiers.

Julian glissa une main ferme dans la poche intérieure de son manteau, sentant la texture du passeport contre ses doigts. Il le tendit sans un mot.

L'officier l'examina longuement, ses yeux passant de la photo au visage de Julian. Puis, un battement plus long. Une hésitation. Ses sourcils se froncèrent légèrement. Puis, dans un souffle à peine audible, il prononça :

— Von Bergen.

Sa voix n'exprimait ni respect ni défiance. Juste une note d'incertitude. Julian le sentit immédiatement. Ce nom n'offrait plus la même assurance qu'avant. Le soldat garda le silence une seconde de trop.

Les autres officiers restaient immobiles derrière lui, mais Julian sentit leur regard peser sur lui, leurs mains proches de leurs armes. Puis, un mouvement de tête.

— Vous pouvez passer.

Julian récupéra ses papiers, referma ses doigts sur le volant, et relâcha un souffle discret. Il redémarra doucement, franchissant la barrière, évitant de regarder en arrière avant de reprendre son rythme effréné. Mais il savait. Ce n'était pas un salut respectueux. Ce n'était pas une barrière levée par déférence. C'était un sursis.

La route devint plus sinueuse, s'enfonçant dans l'épaisseur noire des bois. Les pins se refermaient au-dessus de lui, leurs cimes ondulant sous le vent froid. Julian ralentit à l'approche du lieu de rendez-vous. Le relais de chasse apparut enfin, au détour d'un virage serré. Une bâtisse de pierre aux volets sombres, autrefois luxueuse, mais aujourd'hui presque abandonnée.

Lucien Morel l'attendait déjà. Il se tenait près du porche, manteau boutonné, cigarette entre les doigts. Le froid était vif et humide. Dans l'obscurité du Taunus, son regard paraissait plus grave, plus lourd.

Julian coupa le moteur. Le silence tomba aussitôt, avalant les derniers échos du compresseur et laissant place aux claquements secs de l'échappement encore chaud, en train de se rétracter. L'obscurité s'abattit sur eux, ne laissant que la lueur orangée de la cigarette de Lucien.

Julian descendit, ajusta son chapeau, et s'approcha sans un mot. Lucien ne bougea pas, mais son regard ne le lâcha pas. Puis il lâcha, dans un souffle lent :

— Julian... tu es en retard.

Julian esquissa un sourire fugace, sans chaleur.

— Je sais.

Lucien l'observa longuement, détaillant chaque nuance de son expression, chaque hésitation. Il lui tendit une enveloppe, puis ajouta simplement :

— Je peux t'aider. Mais tu dois partir – demain. Paris n'est plus sûre, mais c'est toujours mieux qu'ici. Et si la situation s'aggrave nous pourrons aller dans le sud-ouest, j'y ai des contacts.

Julian hoche la tête. Il sait qu'il doit partir :

— Laisse-moi quelques jours

Lucien ne cille pas. Sa déception est imperceptible, juste un léger tressaillement de la mâchoire, vite effacé par un sourire discret. Il tire une longue bouffée de sa cigarette, laissant la fumée se dissoudre dans le vent nocturne.

— Je te comprends, Julian.

Un silence.

— Peut-être mieux que tu ne le crois.

Il détourne un instant le regard, puis revient à lui, plus sérieux.

— Julian, il se passe des choses. Des choses contre lesquelles…

Son regard se durcit légèrement.

— Même ton beau sourire ne pourra te sauver.

Chapitre 13

Julian était sur le point de partir. Cette fois-ci il s'était assuré d'être le plus discret possible. Tout était prêt.

Dans sa chambre à la Villa Neyher, il se tenait immobile, observant ce qui, pendant tant d'années, avait été son monde, son refuge, son illusion.

Une armoire entrouverte. À l'intérieur, des costumes impeccablement taillés, dans des teintes sombres et sobres : bleu marine, noir, gris, brun, beiges alignés avec une rigueur presque militaire. Des tissus anglais, des chemises aux cols amidonnés, des cravates de soie. Il passa la main sur un veston en tweed, acheté chez Herr Eisenbach, un tailleur de la Hochstraße, un vestige d'un temps où l'élégance dictait encore la hiérarchie sociale.

Sur la commode en bois verni, un briquet Dunhill en argent, cadeau d'un banquier rencontré à Zurich. À côté, des boutons de manchette en onyx, un coupe-papier en ivoire finement sculpté, posé négligemment sur un mouchoir brodé à ses initiales. Les reliques d'une existence soigneusement construite.

Dans un coin, une malle de voyage Louis Vuitton. Vide. Il s'était dit qu'il l'emmènerait, mais comment fuir avec une malle ? Un fugitif ne voyage pas avec un bagage de luxe.

Il balaya la pièce du regard comme pour s'en imprégner une dernière fois. L'ombre des années passées persistait dans l'air, suspendue comme une menace sourde. L'atmosphère était lourde, chargée d'électricité statique, comme avant un orage. Tout lui semblait soudain fragile, dérisoire.

Comme le décor d'un théâtre démonté après la dernière représentation. Comme une scène dont on venait d'éteindre les projecteurs.

Il ajuste son manteau, fait un pas. Puis son regard tombe sur son poignet. La Jaeger-LeCoultre. Il ne sait même pas quand il l'a mise, probablement comme chaque matin, d'un geste automatique.

Elle faisait partie du costume. De son rôle. De cette illusion qu'il entretenait sans y penser.

Mais cette fois, quelque chose le frappe. Un frisson glacé remonte sa colonne vertébrale. Il s'arrête. Son souffle se suspend. Parce qu'il se souvient de cette montre qu'il n'a plus. La Patek Philippe de sa mère. Ancienne, précieuse, unique.

Un cadeau de mariage, le seul objet qu'elle lui avait laissé. Le dernier vestige d'un monde disparu.

Celle qu'il a vendue en arrivant à Francfort. Parce qu'il le fallait. Parce qu'il croyait acheter un avenir. Et aujourd'hui ? Que lui reste-t-il en échange ?

Un cadeau de Maximilian. Un objet imposé. Un symbole du pouvoir qu'il détenait sur lui. Un rappel, silencieux mais omniprésent, de sa domination.

Il n'avait jamais remis ce cadeau en question, jusqu'à cet instant.

L'ironie est brutale. Il a vendu un souvenir sacré pour bâtir une vie. Et maintenant, cette vie ne lui laisse qu'une autre montre. Sa gorge se serre. Une panique froide l'envahit. Comme si les vingt dernières années n'avaient servi à rien.

Il ne pouvait pas partir comme ça. Fuir, oui. Mais pas sans rien. Ce qu'il laissait derrière lui, ce n'était pas seulement une vie mondaine, c'étaient des années d'efforts, de compromis, d'alliances habilement nouées. Tout cela avait une valeur. Il ne pouvait pas tout abandonner sans assurer ses arrières.

L'argent liquide ? Inutile. Le Reichsmark n'avait aucune valeur à l'étranger. Même les hommes d'affaires les plus avisés cherchaient désespérément à placer leurs fonds hors du pays avant qu'il ne soit trop tard.

L'or ? Trop lourd, trop risqué. Transporter des lingots aurait fait de lui une cible.

Non. Il lui fallait autre chose. Des actifs. Des titres. Des documents qui, contrairement à l'argent, pouvait survivre à la guerre.

Mais quels titres pouvaient encore avoir de la valeur ?

Les spoliations de juifs et d'opposants avaient bouleversé le marché des entreprises et des propriétés. Beaucoup de sociétés avaient été nationalisées ou aryanisées. Tout ce qui tombait entre les mains du Reich finissait tôt ou tard entre celles d'un industriel affilié au parti. Alors, que pouvait-il prendre qui ne lui serait pas immédiatement confisqué s'il se faisait arrêter ?

Il réfléchit. Rapidement.

Les entreprises spoliées n'étaient jamais restées longtemps vacantes. Elles étaient revendues, souvent pour des sommes dérisoires, à des proches du régime. Maximilian faisait partie de ce cercle. Il avait racheté, consolidé, restructuré. Mais ces transactions laissaient des traces. Et toutes n'étaient pas irrévocables.

Il comprit qu'il y avait trois types de documents qui pouvaient valoir quelque chose.

D'abord, les titres de participation dans des entreprises étrangères. Maximilian ne gardait certainement pas tout son argent en Allemagne. Il avait probablement investi en Suisse, aux Pays-Bas, peut-être même aux États-Unis. Ces sociétés échappaient encore au contrôle du Reich. Détenir ces documents, c'était peut-être mettre la main sur des actifs qui conserveraient leur valeur après la guerre.

Ensuite, les contrats de vente sous-évalués. Quand une entreprise était aryanisée, elle était bradée, et souvent sous la contrainte. Certains anciens propriétaires avaient signé en espérant sauver leur peau. Avoir ces documents pouvait permettre de prouver qu'une transaction avait été forcée. Une telle preuve, dans les bonnes mains, pouvait valoir une fortune après le conflit.

Puis il y avait une autre catégorie. Plus compromettante, plus explosive. Les documents confidentiels.

Julian savait que Maximilian avait des contrats avec le Reich. Ses usines produisaient des équipements pour l'industrie de guerre, mais aussi des infrastructures destinées aux camps de travail. Des accords secrets avec des banques suisses, des fonds déplacés en toute discrétion. Pourquoi Maximilian prenait-il tant de précautions ? Julian n'avait pas toutes les réponses. Mais il pressentait qu'à une époque où les équilibres vacillaient, certaines informations pouvaient valoir bien plus qu'un coffre rempli d'or.

S'il pouvait mettre la main sur ces documents, alors peut-être qu'il ne partirait pas les mains vides.

La réponse était au sous-sol. Le coffre-fort. Julian ne l'avait jamais vu, mais il savait qu'il existait. Derrière la salle des archives. Un endroit discret, sans fenêtre. Parfait pour dissimuler ce qui ne devait jamais être découvert. Maximilian ne laissait rien au hasard. Et Julian savait une chose : les hommes comme lui ne faisaient jamais entièrement confiance aux banques.

Dans ce coffre, il devait y avoir quelque chose. Des titres, des contrats, des preuves. Peut-être même des lettres, des correspondances confidentielles. Des documents assez importants pour lui assurer un avenir. Il lui restait deux heures. Deux heures avant que Maximilian ne revienne. Il ne devait pas perdre une seconde.

***

L'air était plus froid au sous-sol. Une fraîcheur légèrement humide, stagnante, qui sentait la poussière et le métal. Seule une lampe murale projetait une lumière trouble sur les murs de pierre.

Julian avança dans le couloir silencieux. Il connaissait l'endroit, mais ne s'y était jamais attardé. La salle des archives s'ouvrait devant lui, un labyrinthe d'étagères encombrées de dossiers classés. Tout était là, l'histoire administrative et financière des Industries Neyher, empilée sous des couches de papier jauni.

Dans un recoin, derrière une petite porte, il était là.

Un monolithe d'acier noir, scellé au sol. Pas de poignée, pas de serrure visible. Juste une molette gravée de chiffres.

Julian s'accroupit, posant une main sur le métal glacé. C'était un coffre conçu pour ne pas être forcé.

Il posa les doigts sur la molette et inspira profondément. Première tentative. La date d'anniversaire de Maximilian. Il tourna lentement vers la gauche jusqu'à 17, marqua une pause, puis repartit vers la droite jusqu'à 4. Un cliquetis. Rien. Il essaya en vain une autre permutation. 04 - 17. Son année de naissance 18-95. Toujours rien. Ça aurait été trop facile. Puis l'année de fondation des Industries Neyher. Le verrou ne bougea pas.

S'il échouait encore, il devrait partir. Il se redressa, soupira, passa une main sur son visage. Puis il regarda l'heure, distraitement. Perdu dans ses pensées, il faisait tourner nerveusement le boîtier de sa Jaeger-LeCoultre Reverso entre ses doigts. La gravure, au dos du boîtier, accrocha la lumière. 23.09.1928. Il l'avait vue des centaines de fois. La date de leur première rencontre, au match de polo.

Non… ce serait ridicule.

Et pourtant, son regard s'attarda. Il fronça légèrement les sourcils. Les chiffres n'étaient pas tous identiques. Certains étaient à peine plus grands. Le 2. Le 9. Le 28. Ce détail lui avait toujours échappé.

En dernière chance, il essaya. Il posa les doigts sur la molette, chiffre après chiffre. Un silence. Puis un déclic. Puis un autre. Le verrou céda. La porte du coffre s'ouvrit lentement, dans un soupir métallique. Il n'arrivait pas à croire qu'il avait eu cette combinaison sous les yeux tout ce temps.

L'espace d'un instant, il ne bougea pas, comme si franchir cette dernière frontière était trop facile. C'était donc cela, la clé du pouvoir ? Un simple code gravé sur une montre ?

L'acier froid de la porte entrouverte le ramena à la réalité. Il ne pouvait plus reculer.

Julian plongea enfin son regard dans l'obscurité du coffre. Des liasses de billets, soigneusement empilées. Francs suisses. Livres sterling. Mais pas un seul Reichsmark. Maximilian se méfiait de sa propre monnaie.

Un pistolet Luger P08, rangé dans un étui en cuir patiné. Des documents, empilés avec une précision presque chirurgicale. Certains glissés dans des chemises cartonnées, d'autres noués par de fines ficelles.

Il commença à fouiller, ses doigts parcourant les titres de propriété, les certificats d'actions. Des preuves tangibles de fortunes bâties sur les ruines d'autres hommes.

Puis, soudain, un dossier plus ancien attira son attention.

Il était daté de 1918-1919, et son format lui était nostalgiquement familier. Le papier, légèrement jauni, portait encore une bordure rouge et blanche, une caractéristique typique des documents administratifs austro-hongrois de l'époque. Julian effleura le rebord du doigt.

Il avait déjà vu ce type de dossier, autrefois. Dans le bureau de son père. Posé parmi les factures, les contrats, les lettres de fournisseurs. Un instant, il revit son père, assis à son bureau, parcourant des documents semblables. Sans y réfléchir, il tira le dossier à lui. Julian ouvrit lentement le dossier, le papier rugueux sous ses doigts. L'encre avait pâli, mais les noms restaient lisibles. Bankhaus Mazeler. Il fronça les sourcils.

Que faisait une banque allemande sur un document d'origine austro-hongroise… et enregistré en Tchécoslovaquie ?

Il tourna les pages, plus vite cette fois. Des montants. Des transactions. Des rachats opérés en 1918.

Des fonds gelés. Puis, une adresse Familière en Tchécoslovaquie. Un paragraphe. Un transfert. Une liquidation.

« *Tous les actifs listés précédemment, cédés pour 1 Krone (K).* »

Il y avait un document annexe. Un relevé bancaire daté de 1919. Il parcourut la première ligne.

« *Fermeture de compte et transfert d'actifs.* »

« *Montant : 230 000 Marks-or depuis le compte n° 4872. Vers le compte n° 2215.* »

Julian plissa les yeux. 4872.

Ce numéro lui disait quelque chose. Un compte à la Bankhaus Mazeler.

Il relut. Plus lentement. Propriétaire du compte : Leopold Bulkowicz.

Son estomac se noua. Ses doigts tremblaient légèrement. Il releva les yeux, comme s'il cherchait une échappatoire dans cette pièce sans fenêtre.

Puis, lentement, son regard revint sur le document. Il n'avait pas encore tout vu. Il déglutit, tourna la page. Les signatures.

D'un côté :

« *Vollmacht – Liquidator der Vermögenswerte im Namen von Leopold Bulkowicz* » Friedrich v. Schönberg.

De l'autre :

« *Zu Gunsten der Neyher Werke, PPA (per Prokura)* » Maximilian von Neyher.

Le papier trembla entre ses mains. Un silence absolu. Un vide s'ouvrit sous lui. Ses jambes vacillèrent. Une sensation de chute. Brutale. Infinie.

Maximilian n'avait pas seulement profité de la faillite de son père. Il l'avait planifiée. Et il l'avait exécutée. Pour 1 Krone. Avec l'aide de ce salaud de Friedrich. Un bruit sourd résonna dans son crâne. Comme un coup de feu étouffé. Puis, plus rien.

Ses doigts tremblaient de manière incontrôlée, mais ce n'était plus la surprise. C'était le choc. Brutal. Violent. Il inspira, mais l'air lui sembla soudain absent, presque irrespirable. Ses pensées se heurtaient les unes aux autres, confuses, irréelles. Même après toutes ces années à voir Maximilian jouer avec le pouvoir, à le voir manipuler, écraser, posséder… il n'aurait jamais cru ça.

Pas cette perfidie. Pas cette cruauté-là. Tout était calculé. Pensé. Exécuté sans un remords. Et Maximilian ne lui avait jamais rien laissé voir. Depuis combien de temps jouait-il ce rôle ? Depuis combien de temps son sourire, ses conseils, sa protection n'étaient qu'un masque ?

Et si Maximilian était plus qu'un manipulateur ? Si c'était un monstre ? Son cœur battait trop vite. Trop fort. Il tenta de respirer plus calmement. Il ne pouvait pas rester figé là. Il devait penser. Assimiler. Comprendre.

Julian fixait encore le dossier qu'il venait de refermer, mais quelque chose ne collait pas.

Pourquoi Neyher Werke, une entreprise spécialisée dans les métaux, les équipements miniers, et ferroviaire aurait-elle racheté puis liquidé une société de négoce dans les pièces pharmaceutique ?

Pourquoi ce rachat pour 1 seule Krone ? L'heure tournait. Ce n'était pas le moment de creuser. Il se força à arracher son regard du dossier et fouilla rapidement parmi les documents. Il devait se concentrer sur ce qu'il était venu chercher.

Des actes de participation. Des titres de propriété. Tout ce qui pouvait lui assurer une porte de sortie, un filet de sécurité. Puis, il prit aussi le dossier de son père. Il y trouverait des réponses plus tard.

Julian referma le coffre avec un calme feint, passa une main sur sa veste pour s'assurer que les documents étaient bien dissimulés, puis il remonta discrètement.

Son souffle restait mesuré. Son allure maîtrisée. Mais son cœur battait à s'en rompre, un martèlement sourd qui résonnait jusque dans ses tempes.

Julian referma la porte de sa chambre derrière lui et tourna le verrou. Le temps presse.

Il posa rapidement les documents un à un sur la commode. Les actes de participation. Les titres de propriété. Ceux qu'il était venu chercher. Ceux qu'il allait dissimuler dans les revers de ses vestes et la fine doublure de soie verte de son sac de voyage en cuir marron foncé.

Puis, son regard revint sur le dossier de son père.

Il n'avait pas le temps. Il devait être à la gare dans trente-cinq minutes.

Mais ses doigts s'étaient déjà refermés sur la couverture rugueuse.

C'était viscéral. Plus fort que lui.

Il repassa rapidement les documents qu'il avait déjà parcourus à la lueur tremblante de la cave, trop sonné pour vraiment en saisir le sens sur le moment. Puis, plus loin, une feuille se détacha du reste.

Ce n'était pas un document administratif. C'était une lettre.

Son regard glissa sur l'encre violette, légèrement effacée par endroits. Il lut une phrase. Puis une autre. Son sang se glaça. L'écriture tremblait légèrement. Mais la signature, elle, était nette. Le papier lui échappa presque des mains. Tout son corps se figea.

Son regard remonta vers la fenêtre. La nuit tombait sur la ville. Le train partait dans une heure. Son billet était prêt. Son plan, tracé. Mais...Comment pouvait-il encore fuir maintenant ?

Remerciements

Ce livre est le fruit d'un voyage intérieur – une quête de mots pour nommer ce qui reste souvent enfoui. Je remercie toutes celles et ceux qui m'ont accompagné sur ce chemin, avec patience, confiance et présence silencieuse.

Ma gratitude particulière va à Barbara Goldberg, qui a accompagné avec soin la version allemande de ce texte. L'allemand n'étant pas ma langue maternelle, elle m'a aidé à libérer la traduction de ses accents trop français, sans jamais en trahir la voix.

Je remercie également Sylvine Bailly, amie précieuse et grande artiste de l'âme, qui a relu mon manuscrit avec bienveillance et profondeur.

Enfin, je remercie celles et ceux qui croient en l'invisible, en la force de la mémoire, et au pouvoir des mots pour ramener la lumière dans les zones d'ombre. Sans vous – et sans votre présence, souvent discrète – ce livre n'aurait jamais vu le jour.

David Aurélien

Pour continuer ce voyage en images et en sons :
@david_aurelien___

Biographie

David Aurélien est un écrivain, consultant international et artiste. Originaire de France, il a vécu et travaillé dans plusieurs pays, ce qui a profondément influencé sa vision du monde. Fort de sa vaste expérience dans le secteur de la coopération internationale, il s'est tourné vers l'écriture pour explorer les mystères de l'existence, tout en capturant les nuances émotionnelles et spirituelles de chaque moment.

Dans son premier roman, "Julian von Bergen, dernière nuit à la Villa Neyher, Francfort 1939", David Aurélien mêle habilement fiction historique et introspection philosophique. Fasciné par les paradoxes de l'âme et les mystères du destin, il utilise l'histoire de Julian von Bergen pour plonger dans les dilemmes existentiels qui marquent la vie de ses personnages.

Avec un style littéraire riche et poétique, David Aurélien nous invite à une exploration intérieure de l'identité, du temps et des choix qui façonnent nos vies. Il poursuit actuellement la saga de Julian von Bergen, une série de romans qui explore les luttes et les révélations des personnages à travers des périodes historiques tumultueuses.